致女儿书

네가 어떤 삶을 살든
나는 너를 응원할 것이다

［韩］孔枝泳 著

春喜 译

四川文艺出版社

只 为 优 质 阅 读

好读
Goodreads

目录

找一个好聚好散的男人 > 001

曾经以为那是爱情 > 011

称赞如细语，批评如炸雷 > 021

如果没有你 > 031

珍惜每一个瞬间 > 035

不论你选择什么样的人生，我都会为你加油 > 049

生活，比我们知道得多 > 063

希望如波涛碎裂，如鸟儿死去，如女人离开 > 073

能够伤害你的人，只有你自己 > 083

爱意是温柔的礼物 > 097

人生中无所谓幼稚 > 107

她也有错 > 115

学会分辨可为与不可为 > 123

愿望成千上万，希望独一无二 > 127

想成为作家，必须先赚钱	>	135
和幸福的人做朋友	>	145
爱情不会伤害任何人	>	155
必要声明	>	169
我们的生命中，真正需要的是什么？	>	177
内心的无尽孤独，犹如久远的钟声	>	187
快乐与幸福，二选其一	>	193
生活知足常乐	>	203
每天迈出的脚步，就是真正的人生	>	217
每片草叶上都有天使在低语	>	225
尾声	>	231
后记	>	237

找一个好聚好散的男人

〉〉〉

蔚宁，此刻正在下雨。妈妈很心痛。我和你相差了二十七岁，人生的轨迹也不同，有些话不好说得太直接。我知道如实吐露心声可能会让你更加痛苦、迷茫，所以无法毫无保留地向你倾诉，只能这样用写信的方式传达给你。

不过，看到你正在认真阅读我推荐的一本书，我真的非常开心。我走进你的房间时，你正在看书。"妈妈，这本书真好，我打算好好读一读。"那一刻，我非常感谢那位未曾谋面的意大利同龄作家苏珊娜·塔玛罗。在地球某处，东方某处，有一位妈妈和女儿沟通不佳，非常痛苦。"通过您的书，我们有了一定程度的心灵共鸣，谢谢！"就算我们今生无缘相见，她也会理解这句话吧。

那本书是《少年小树之歌》吗？一位无比孤单痛苦的印第安少年，望着天空，请求有谁能向乡下的爷爷传话。于是，树木、清风与星星把他的心意传达给了爷爷，爷爷来到了他的身旁。关于这段情节，我们讨论了很久，你还记得吗？我曾经说过，哪怕是再微不足道的脏话也不要说出口，因为说出口的脏话不会消失，而是飘浮于地球上空，落在枝头、坠入江水、融进雪中。我们可能吃到那片树叶所滋养的水果，喝到那捧水。当时，你像个孩子一样，略显惊恐地闭上了嘴。我并不是故意吓唬你，而是我真的一直这样认为。

大约十年前，我第一次接触到要介绍给你的这本书。当时我就感受到了难以言说的安慰与温暖。不久前偶然再读，和彼时一样，不，甚至在年龄增长之后，我的感动也加深了。

这本书是一位即将离世的八旬老妇人给远在美国的外孙女写的信。老人代替放纵而死的女儿养育了外孙女。外孙女认为自己被世界抛弃，所以也与外祖母的关系不好。她十分讨厌外祖母，远走美国，从未给外祖母寄过一封信。外祖母濒临死亡，认为外孙女以后可能会回家，于是留下了这封信。

"不要哭。"

外祖母如此写道。

我比你先离开是既定事实，但是我不在人世时依然会继续留在这里。我会成为你的美好回忆。你看到这些树木、菜地与庭院，当你坐在我的椅子上，就会想起我们共度的所有幸福瞬间。

"我最近讨厌妈妈！"

有一天，你用并不愤怒的嗓音说道。我也想一吐为快：

"我也一样。如果略有什么差别，那就是你只讨厌我，而我既讨厌我自己，也讨厌你！"

不过，我是妈妈，不能以同样的语气和女儿吵架。之所以这样说，是因为我见识过太多次了，争吵只会使情况恶化。而且，我的言行要符合自己的年纪，免得以后费嗓子。

书中的外孙女也说自己讨厌一切。她讨厌守旧的外祖母，讨厌自我放纵、弃她而去的母亲。可能是因为这位外祖母比我年纪大，她在临终前对外孙女谈起了自己的一生。没有严词厉色，只有温声细语。开头是这样的：

上小学时,我的内心展开了一场激烈的斗争。到底是忠实于自身感受,还是忠实于已经觉察到可能是谎言的他人的信念?最终,我如忏悔般跪地屈服了。不过那只是我为了平静的生活,而必须做出的众多表演之一。

亲爱的蔚宁,阅读时发现书中竟然有与自己心灵相通的精彩段落,是不可错过的欢喜。何止这位八旬外祖母,谁在求学时没有过这种矛盾呢?甚至可以说,谁又不是生活在这种矛盾之中呢?哇,表演真多!

和那个时代屈服于这种矛盾的女人们一样,她和一个不错的男人结了婚。

当时的婚姻生活也大抵如此。进入小型地狱般的婚姻生活,总有一方或早或晚溃败。为了毁掉婚姻,要么遭受严重虐待,要么需要反抗精神,逃离家庭,终生流浪。你也知道,反抗不符合我的性格。丈夫表示不和我同床,我毫无怨言,甚至一句话也没有说。因为他待我不薄。

蔚宁，我想立刻忘记和你的争吵，叫你过来一起聊聊。你说过让我谈谈婚姻，对吧？你还想问我应该找一个什么样的人。首先，我的回答是，这本小说里描写的这种关系不行。为了安静的生活而需要上演自欺欺人的戏码，这种婚姻不行。

当然，妈妈也有自尊，所以没有去找你说这些话，而是这样给你写信。"应该找一个什么样的男人？"如果限定在十个字以内，我首先会这样回答：

"找一个好聚好散的男人。"

是的，我记得自己以前也说过这样的话，你当时非常吃惊。虽然不会有人邀请我，但是我在担任证婚人时也想这样说："即使后来离婚了，也请在彼此的心中留下一个美好的形象。"

不论找一个什么样的人，你都要先认真观察，看他能否好好分手。讲究分手礼仪的人，也许会令人感到惋惜，因为对方会永远记得他是一个好人，认为这段相识是自己人生中的幸运。如果双方最终都被世事牵绊而无奈离别，或者彼此厌倦、变心而走向分手,他到底能否做到好聚好散呢?

爱情……渴望永恒。亲爱的女儿,如果你与深爱的人分手,我也会非常难过。然而,我们都是弱小的存在,受环境支配,无法违背命运的安排。在我们埋怨某个人时,必须率先审视自己的内心。如果感觉难以做到,可以仔细地照一下镜子。

不想审视自己的内心时,世界上最简单的事情就是寻找隐身之处。外部的罪恶永远都存在,所以那份责任只在于我们。接受这个事实需要很大的勇气,不过就像我和你说过的那样,那是前进的唯一方法。如果人生是一条路,它通常是上坡路。

如果我说已经知道人生是上坡路,那一定不是在说谎。"如果人生是一条路,它通常是上坡路。"看到与我年纪相仿的西半球女作家借八旬老人之口说出的这句话,我突然感觉双腿无力。不过,我现在已经不再恐惧,不像以前那样感到窒息般的恐惧了。蔚宁,你曾说担心生活之苦。不过,所有人坚持下去的另一个原因是，走过之后才知道那是上坡路。身在近处，看起来就像是并不难走的平地。或许正是眼睛的这种近距离障眼法，赋予了我们继续生活的力量。

她在晚年与神父朋友一起散步，提出了自己的疑问。神父回答说：

> 只有痛苦能让我们成长。不过，痛苦只是一种内心感受。陷入绝境的人，或者不幸的人，他们的根本问题在于错过了痛苦。除了和你交心的朋友，对那些怀揣解决方案的其他人，都要保持警惕……顺其自然，注定要离去的，终究会离去。

"注定要离去的，终究会离去"，一直到真正领悟这句平凡的真理为止，我付出了太多。我曾经犹豫一切是否取决于我，我的行动会引发什么变化，所以延迟了本该离去的时间。因为内心难以平静，这些平凡的话语在我听来是如此深刻。

当你眼前出现无数条道路，不知道如何选择时，不要随意前进，而是坐下来等待。深深吸入你诞生那天呼出的气息，等待，再等待。聆听你内心的声音。等到你的内心做出指引，你就奔赴内心向往的地方。

蔚宁，你还在生气吧？你依然讨厌妈妈吧？我想借用外祖母写给外孙女的书信片段，说出我想对你说的话。

你很讨厌这样，对吧？不过，你讨厌或者喜欢我的亲吻，这并不重要。因为在这一瞬间，透明、轻盈的亲吻，已经飞向了大洋之上。你无能为力。

蔚宁，下雨了。注定离去的终会离去，注定到来的终会到来。所以，不要着急。只是，我的亲吻已经迫不及待地穿越雨滴，飞向了你。你无可阻挡。

今天，我做了一个崭新的决定，从明天开始练习游泳。

好了，愿你今天也过得愉快！

曾经以为那是爱情

>>>

蔚宁，天气冷吧？你喜欢刮风的阴冷天气，最近的天气是否为你增添了生活的乐趣呢？大概是去年四月吧？我记得你当时一直祈祷天气持续寒冷，我却笑着祈祷千万别再冷了。就像传说故事中雨伞商人与草鞋商人的母亲一样[1]，神灵也很难办吧？"给你们做点什么吃呢？"我有时会这样问，你们三个的意见从来没有统一过。想到这里，我不禁笑了。"你们以为妈妈是米其林大厨吗？"我每次总是这样回答，然后做自己想吃的食物。那是因为假如我听取某个人的意见，其余两个永远会说"妈妈真偏心"。

偶尔去练歌房唱歌，或者翻着诗集朗读爱情诗时，我常会感到惊讶。世界上难道只有悲伤的爱情吗？你想啊，歌颂

---

1 传说故事《雨伞商人与草鞋商人》中，大儿子是雨伞商人，二儿子是草鞋商人。雨天无法卖草鞋，晴天无法卖雨伞，所以母亲每天都很矛盾。

爱情喜悦的诗与哀叹爱情伤痛的诗的数量相差很多……这是为什么呢？可能因为爱情总是需要历经千辛万苦，方才懂得其真正价值吧。

曾经，有一个讨厌的人不断以爱情的名义对我施压。我不喜欢他的长相，而且也根本不了解他。几次劝说与交谈之后，他依然固执地说着"我爱你"。后来，只要看到他的脸，我就感到十分厌恶。

我有一位朋友，与许多优秀的僧人们进行了一场宣扬生命和谐的国土巡礼。他们十分虔诚，也十分辛苦。那位朋友说，到了巡礼的尽头，听到"生命"就想死，听到"和谐"就想随便抓住什么东西打一架。听到这种说法时，我曾以为他有点过分了。后来，我只要看到那个说爱我的男人，心里便十分厌恶，这才明白了那位朋友的话。所以，我对那个男人说：

"爱？好啊，那你爱吧，只要离我远一点儿就可以了。为什么一定要在我身边呢？你去练歌房，唱一首爱情歌曲。大家都在远处爱着！"

那个人，该有多心痛啊！那个人，该有多恨我啊！过了很长时间，成长过之后，我才意识到我也痛过这一点。不过，对于那种让他死心的做法，我现在也不后悔。他是一个好人，却不适合我。最重要的是，他无法触动我的情感。对方是一个好人，不一定要爱他；对方条件很好，也不一定非要和他结婚。生活复杂多面，哪怕坐拥几百亿的财产，也没有什么是稳定不变的。我身边有很多看条件结婚，然后变得不幸的朋友，你也知道吧？这不同于那些相信爱情却以失败告终的婚姻。一切破灭之后，这些朋友变得十分悲惨。这是因为，悲惨绝对不只是物质的问题。

毫无疑问，里尔克是一位伟大的诗人。不过，他的诗其实有点晦涩难懂。在处于疼痛青春岁月的某一天，我读到了他那本《给青年诗人的信》。此后，除了《圣经》，我经常翻阅的便是这本书。

有那么几本书，我收藏了不同的翻译版本。就像收藏多人的演奏版本美丽的交响曲一样，通过翻译错误与差别，可以激发真心接近那位作家的欲望。我提到的里尔克的这本《给青年诗人的信》，就是其中之一。当时，我失去了心爱的人，在伤心欲绝之时读到了这段文字。作者比我痛得更久，成长更多。今天，我想把这段话如实转述给你。你想听一下吗？记住每一个字。

就算是毫无价值的廉价关系，有时也想用孤独来交换；就算是一无是处的糟糕之人，有时也想与他们分享交流。然而，孤独也许正是在那些时间里生长。因为孤独的生长像少年成长一样痛苦，像春天开始一样悲伤。唯有孤独，不可或缺。孤独，浩瀚而内在的孤独。

像少年成长一样痛苦，如春天来临般悲伤。这孤独之门，真的很难开启。不过，正如里尔克所言，如果打不开那扇门，我们可能就无法实现少年之后的成长，难以到达春天之后的花田。偶尔感到孤独时，就算是毫无价值的廉价关系也想与之交换，就算是一无是处的人也想与之分享。那不是单纯的孤独，而是孤独在生长。像少年的成长一样痛苦，像春天来临般悲伤，但是一定要坚持下去。下定这个决心真的很难，值得欣慰的是，就算如此艰难，我们也能找到出路。尽管我们每次都把身体交付给廉价的安慰，只要知道这种困难,我们总有一天可以打开孤独与成长的那道门。翻开这本书的任何一页,里尔克都以其毕生的观察与神赐的天赋,以深沉的嗓音回答着我们所有的人生问题。

一般而言,如果生活突然变得简单、轻松而快乐,那就意味着这个人已经失去了感受真挚生活的现实性与独立性的力量。从生活的意义来看,这绝对不是发展,而是与生活里所有可能性的诀别。

我们必须热爱艰难,与之亲近,不断学习。在艰难之中,蕴含着为我们欣然努力的力量。

心烦意乱之时,阅读这些段落让我倍感安慰。

所谓悲伤,就是接纳崭新、尚且不为人知的事物的瞬间。在那一刻,我们的情感受到惊吓,沉默不语,我们内心的所有都会后退一步。所以,那里寂静无声,无人知晓的新事物守护着沉默。我们的所有悲伤都是紧张的瞬间,我们反而对此感觉到麻木。我们是孤独的,只不过假装并不孤独罢了。

关于爱情,里尔克表现出了任何可贵的忠告也无法达到的洞察力。

爱,是一件好事。那是因为爱情很艰难。人与人彼此相爱,或许这是最艰难的事,是一种终极难题与考验。从这一点来说,年轻人尚且不具备爱的能力。因为爱也需要学习。人们应该付出所有努力,去学习孤独、紧张和以望向天空的心情去爱对方。所谓爱情,就是为了所爱之人独身一人,同时升华、深化自己。

爱情不是盲目献身,与他人融为一体。是啊,尚未醒悟的人、不成熟的人,以及没有原则的人,他们的相遇到底有什么意义呢?爱情是一个崇高的机会,为了他人而建立自己内部的某个世界。爱情也是一种勇气,如果可以把自己带到更广阔的世界,人们反而会称呼他们的结合为幸福。如此一来,每个人为他人而失去了自己的同时，也会失去对方与其他人。因此，剩下的只有厌恶、失望与贫困罢了。

蔚宁，我读着这段话，失神了很久。我何尝不曾爱过，却似乎没有领悟到里尔克所谓的为他人而构建自己内部的某种世界的机会。我曾经以为，爱就是无条件的陪伴。一起去电影院，一起去图书馆，一起去登山，一起去看海……我以为那就是爱情。那些年月，我可能就像一个站在爱的入口处犹豫不决，然后转身返回的傻瓜。因为我不懂审视自我，也不懂审视他人。

不过，为了你们，我的确必须清空自己的某个世界。为了构建你们的位置，我必须拼命拓宽自己的心灵。

暂时放下害怕受伤的担忧吧。打预防针也会留下疤痕，更何况是全心全意付出的爱情呢？爱，就是彼此完全合一的欲望，两个身体彼此纠缠、深入、成长的过程。所以，分离的时候该有多么痛苦啊！肉身难分你我，只能生拉硬扯。喊叫或者沉默，是你的选择。但是，疼痛是理所当然的。你谈起自己很久之前的男朋友，对我说："妈妈，尽管如此，我还是很酷。"你记得我当时多么担心地看着你吗？你和他分手了，却只觉得那种痛苦很酷，原因可能是以下二者之一：你没有和他真正交心，或你难以感知痛苦。

蔚宁，你很羡慕带男朋友一起来我们家玩的那位朋友吧？我安静地听着你替朋友在我面前炫耀了很久，非常开心。不过，爱情很艰难。在你这个年纪，偶尔会混淆爱情与肉体的甜蜜魅力。爱情是我们在有生之年可以做到的最好的事。不要着急。只不过，你一定要记得变成熟，才能在爱情来临时不至于一头扑进去搞砸。再过几个月，你就二十岁了。去爱吧，继续爱吧，爱男人、朋友、妈妈……或者未曾得到过任何人帮助的孤独可怜之人。

你要记住，只要付出所有真心，敞开你的心扉，爱情就会向你展开奥秘之路。所以，今天也学习如何去爱吧！

你去学校之后，我泡了一杯热茶，暂时关掉了渴望与令人无限不安、痛苦的世界交流的手机，等待着真正的命运。它比一时的悲伤更加痛苦，却可以赋予我们实现伟业的机会与奔赴永恒的勇气。当我思索生而为人的意义、感到孤单与痛苦时，里尔克就成了我的挚友。

蔚宁,能够在冬天阅读这本书,我多么幸福!

女儿可以收到我以书信传达的这些话,我多么幸福!

时隔许久拿出泳衣,已经太小了,唉。所以,我打算去买泳衣。从明天开始,我真的会去游泳。

好了,愿你今天也过得愉快!

称赞如细语，批评如炸雷

>>>

蔚宁，昨天晚上我说了你不想听的话，你似乎很伤心。你什么也没说，直接回了房间。我犹豫了十几次才说出那句话，看到你闷闷不乐的样子，我也很伤心。我只是让你尽力，不是为了实现某种目的，而是为了你的自豪感与未来的人生而练习尽力……结果，你却理解为我批评你不够努力。我自以为是作家，不在乎世人的评价，像进行一场了不起的训诫，说什么只要你的人生幸福，怎样都无所谓。是的，你说得没错，我坦承我就是想让你努力取得成功。

不过，这显然不是全部。问题不在于考试，而是即将公布成绩时，我担心你会讨厌没有尽力的自己。还有，我现在想说的是，必须区分你和你的行为、妈妈和妈妈的行为。我们在批评中受伤，大多是因为无法区分二者。这并不困难。我所谓的"懒"，是说"你的懒惰"，而不是"懒惰的你"。是批评还是真正的忠告，其实取决于说话的人能否对此明确区分。

我是作家，所以会阅读他人的书评和提及我的小说的博客文章，偶尔还会因为一些荒唐的误会与偏见而受到伤害。他们和我之间没有什么特别的情意，所以他们会把我的文字和我个人视为一体，而这种做法伤害了我。那些话一直在我脑海中挥之不去，有时还会持续很多天。某一天，我发现了以下这段话。这是我十分喜欢的现代心灵导师安东尼·德·梅勒（Anthony De Mello）的著作《觉悟》（*Awareness*）中的段落。

为什么我们会把称赞听作细语，把消极的话听作炸雷呢？为什么我和你分享的正面话题不重要或不实际，消极内容却更具体呢？对称赞的过度压缩，对批评的过度敏感，真是我们所有人的问题所在。我们的自尊因此而受伤。我们追逐着那些拒绝我们的人，想要征服他们。我们相信这有助于增强自尊。虽然这是一种悖论，但是我们在感知身边遍布的激励这方面是失败的。

"炸雷与细语"，这个表达很有趣。比起激励、理解我的人，我更加在意批评我的人。人生短暂，只想着感谢的人还不够呢。随后，我想起了你和弟弟们的脸庞。"妈妈每天就知道批评我们！""妈妈每天都是这句话！"我夸赞一句"女儿真漂亮"，你也经常不乐意地认为因为我是妈妈才这样说。想着这些，我生出一个调皮的念头。从现在开始，尝试一下批评如细语，称赞如炸雷？如果我可以做到，如果我是那种人……这也是个问题，对吧？

　　爱很艰难，我在七岁那年就已经明白这个道理。不过，在养育你们的过程中，我从来没有过爱很艰难的想法，似乎也没有意识到所谓的"爱"其实是我的那些无尽的欲望、固执、偏见与惰性。

　　你们要好好听妈妈的话，要长高，胖瘦适中，要好好学习，绝对不要去危险的地方，同时保证适量的运动，在妈妈高兴的时候一起笑，在妈妈悲伤的时候一起哭。关于我的这些想法，安东尼·德·梅勒如是说：

那是把他人（就算是子女也不例外，不，子女可能更加严重）当作自恋的满足手段。

这句话简直真实得有些残忍，我不禁全身颤抖。接着说吧：

你不想真正成长，不想真正觉悟，不想真正幸福。你想要的只是安慰。因为治愈总是伴随着痛苦，它要求你做出改变。你谁也不爱。你爱的只是对那个人的偏见与期待。你绝对不会信任任何人。你信任的只是自己对那个人的判断而已。

归根结底，人们并不愿真正成长，不愿真正做出改变，不愿真正追求幸福。曾有人说："不要试图让人们幸福，因为这只会让他们伤脑筋。"

这些话如此犀利，让人忍不住尖叫。如果只是犀利，倒也不至于尖叫，偏偏它们准确地击中了我的靶心，当然会痛。哎呀，我现在拥有两个选择，恨他，或者对他心服口服。我坚持读完了他的文字。因为我已经历过不幸，最重要的是我知道自己不幸，而且我想追求幸福。我明白了，体会过足够的痛苦，此时会成为一种助力。当然，尽管我充分不幸，却依然害怕改变。因为，比痛苦更加可怕的是未知。就算这里痛苦不已，只要我了解，就会更好一些；就算那里是幸福，我们却无法欣然前行。此时，我隐约明白了为什么饱受贫穷与疾病，惨遭抛弃的人们会聚在耶稣身边，因为耶稣破除了犹太人曾经视如性命的律法，创造出新的戒律，他呼吁了改变。

给你讲一个有趣的故事吧？美国传教士以前去南太平洋的岛屿传教时，当地的女人们裸露着胸脯去了教会。传教士们受到惊吓，赶快找来衬衫和上衣分发给她们，告诉她们下次穿着衣服来。下个周日，她们为了舒适通风，在衣服上打了两个洞，裸露出胸脯，去了教会。

谁是对的呢？这个故事真让人忍俊不禁。

蔚宁，我已竭尽全力追求改变。意外的是，这种力量竟然没有出现在自我批评之时。当我不再批评自己，试着善待以前那个愚蠢、丑陋、可憎的自己，这种力量就出现了。

当我无论如何也要理解、鼓励以前的自己,我获得了站起来的力量。我渴望和解与宽恕,但那其实是和过去让我受伤的自己和解,宽恕我自己。事到如今,我还能与谁和解,宽恕谁呢?我抛开了负罪感,选择了自我反省。负罪感会让我们生病,反省却会赋予我们改变的力量。这是自私吗?难说。如果世人真的只顾自己,不幸的数量肯定会以惊人的速度减少吧?

夫人深信必须为了他人而牺牲自己。安东尼神父对她说:

> 按照自己认为正确的方式生活,并不是自私。按照自己认为正确的方式去要求别人,才是自私。自私是要求他人配合我的取向、自尊、利益、喜悦。夫人希望我牺牲自己的幸福来爱你吗?夫人牺牲自己的幸福来爱我,我牺牲我的幸福来爱夫人,只会徒增两个不幸的人。

有人对你说了什么难听的话吗?你不妨想想更多的人曾

经给过你鼓励，以及比那更多的人默默给过你的鼓励。在你转身离去时，有人在身后为你送行的这种温暖的信任。有朋友说讨厌你吗？那这个世界上还会有很多人成为你的朋友。在心里呼唤更多喜欢你的其他朋友也不错。不过，还有一个更好的办法：你只说你的话，然后离去。有人受益最好，如果没有，除了遗憾也别无他法。随着年龄的增长，我在痛苦中逐渐悟到了这个道理。

不过，最重要的是，你必须活着。你活了二十年了吧？不会是同一年活了二十次吧？我是说，你的二十岁不该是第一年的第二十次反复。这听起来太抽象了，让我们听一下梅勒的说法吧。

很多人并不是活着，而只是行尸走肉罢了。那并不是生活。如果是死是活都无所谓，那就不是真正的活着。如果你只看到自己狭隘的信念与确信，却无法展望其他世界，那就无异于死去。你的生活已经结束了，你恐惧地坐在狭窄的监狱中，失去了朋友，失去了所有。生活，属于赌徒。

失去了所有。生活，属于赌徒。

睁大眼睛，欣赏这个世界吧！你打盹的瞬间，睁着眼睛的瞬间，你喜欢的青春岁月都在一分一秒地离去。因此，你要变得敏感。听一下尚且没有沾染湿气的风中簌簌飘落的树叶的声音，感受篱笆上盛开的朵朵玫瑰的红色光芒。它们充满着奋发向上的生命力，正如你的青春。在树叶与清风相遇的声音中，玫瑰展现自己的红色生命时，你的人生也可能会更进一步。你会对某种事物保持疑问，只有心存疑问的人才算活着。

蔚宁，你还年轻，可能不懂这些。随着年龄的增长，你就会发现人生转瞬即逝。有人曾说，这是由于日常的重复化。你这个年纪，初次尝试的事情多于尚未尝试的事情。等到了我这个年纪，一整年也没有几件初次尝试的事情，不论事物还是感情。我现在才明白，为什么旅行时会感觉时间漫长，陌生的路途会感觉更加遥远。如此看来，就连时间也不公平。漫漫人生路，不能只归因于时间的残忍，我现在才明白这个道理。

亲爱的女儿，请相信我对你的鼓励多于批评。当然，鼓励可能只藏在心里，你依然会相信我吗？我觉得你可爱，感谢你的时刻，远多于对你不满意的时刻。其中，最感谢的就是你成为我的女儿这件事。

天哪，今天一定要去游泳，因为这才是新生活。

总之，女儿，愿你今天也过得愉快！

如果没有你

>>>

蔚宁，你今天发牢骚说想休息一天。你走之后，我开始写这封信。我常对你说，只希望你可以尽力而为，诚实做人。现在想来，我也绝对不想收回这句话。不过，或许我通过这种方式巧妙地给你施加了努力学习的压力。这个冬天，看着你到处找兼职为"国土大长征"攒钱，我实在为你感到自豪，仿佛你考取了优异的成绩。你还小，我可以帮你，但是看到你一定要靠自己的力量完成，我甚至有点得意。

亲爱的女儿，翻阅女性杂志的时候，我有时会浑身战栗。杂志里全是一些整形外科广告和减肥广告，像是在说：割啊，贴啊，缝啊，抽啊……说到底，你现在是丑陋的！

蔚宁，你曾经说过对自己的鼻子不满意吧？可是，我怎么看都觉得你的鼻子很美，与你的嘴唇十分般配。如果你的鼻子像我，你的嘴唇就显得不自然了。我听整形外科的医生说，人脸的设计十分独特，除了五官，甚至还要与下巴、肩膀线条保持和谐。所以，如果脸部调整失败，就会打破整体的均衡。为了重寻那种均衡，又要再度调整五官，进入恶性循环。

蔚宁，虽然你根本不相信我的审美眼光，但是你很美。我很爱你。你是世界上独一无二的蔚宁。如果你消失了，宇宙会为了恢复平衡而面临多少艰辛挣扎啊。有位诗人曾说："一朵水仙花的盛开，是全宇宙的同心协力。所以，地球就是水仙花的花盆。"

我今天一定要去游泳，好好守护我这副全宇宙独一无二的身体。

好了，愿你今天也过得愉快！

珍惜每一个瞬间

>>>

蔚宁，天气很冷。几天前，下雪了，世界至今还是白茫茫的一片。长途旅行回来之后，我在家享受了几天安逸的时光。家里的被子的触感，好过世界上任何一家酒店。嗯，所以，我每天都躺在床上。不过谁能妨碍这种悠闲读书的快乐时刻呢？咬着脆苹果，剥着橘子，喝着咖啡，闲散无聊而甜蜜。

但是我今天读了一本很奇怪的书。

合上最后一页的感受，我至今无法明确表达。如果可以忽略我所有的粗劣认知，原谅我所有主观而自我的语言，我想将其表述为"荒唐"。是的，这是一本荒唐的书，叫作《妙妙和梭鱼》[1]。

所以，我做了一件平时不常做的事情，那就是从头

---

[1] 本书无简体中文版，此处采用繁体中文版本译名。

开始，慢慢重读了这本书。在这个繁忙的世界，重读一本书，而且还是慢读，对于最近的我而言，实属罕见。从作家的角度来说，"序言"到正文，再到"结语""又一篇结语""真正的结语"，这样的有机编排也是初次见到。

这个荒唐的故事开头如下：

> 我最喜欢黎明破晓时分的悠闲。窗户缝隙中隐约传来的风声与风中的鸟鸣声，艰难地来到我坐着的椅子旁边徘徊……尽管只是稍纵即逝的瞬间，也应当倍加珍惜。

是的，开头显然还算不错，所以我决定读到最后。此刻，窗外也隐约有风吹进来，艰难地来到我坐着的椅子旁边徘徊。艰难地来到身边徘徊着的风……感觉不错吧？

作家继续写道：

> "就是此时此刻。"每个人的生命中，都会珍藏着这样的瞬间与忧伤。

尽管只是稍纵即逝的瞬间，也应当倍加珍惜。这是我描绘的风景的本质。广阔无边的草原，横跨未来与过往。一定要沿着草原上依稀的足迹走一走，缓缓地，一步一步，踩着茂盛的层层青草……"这究竟是为什么？""为了成为真正的旅行者。""究竟要去哪里？""随心而行。"

有种朦胧美吧？嗯，像是一本适合催眠的睡前读物。终于，小猫妙妙出场了。到此为止，还算不错。插画据说由作者亲笔绘制，有点丑。"一只猫而已，况且是草原上的猫"，想着这些，也就那么翻了过去。

在俄罗斯的草原上，小猫妙妙独自居住在一个狭窄的窝棚里。某天，一只梭鱼找上门来。这条鱼长得很像丑陋的鳕鱼。

最近几个月，这个小窝棚从来没有客人到访。我错把敲门声也听成了风声，没有理会。笃笃笃，门外再次响起清晰的敲门声。我只好走到门口，轻轻拉开上周修好合页的门。意外的是，门外站着一条孤零零的梭鱼。

"你好！今天天气太好啦。所以，我不知不觉地走了这么远。我是梭鱼，嗯，住在远处那片发光的江河。"

它们成了朋友。妙妙告诉梭鱼蘑菇繁多的树林，还教它做果酱。梭鱼谈起浮游生物密集的水域，以及快乐游水的方法。

终于，事件出现了。到了回家的时间，梭鱼难为情地说：

"嗯嗯，明天是'姓名日'（这本书的唯一不足就是把俄罗斯正教会的"命名日"译为"姓名日"。所谓的"命名日"，是指洗礼名所属的那位圣徒的节日），所以我要做蘑菇汤。遗憾的是，我的盐巴和黄油用完了……很抱歉，你可以借一点给我吗？"

"嗯，好的！"

妙妙欣然答应，毫不犹豫地把这些东西递给梭鱼。

问题是,第二天,梭鱼又来了。它开心地说:

"可能是因为天气太好了,我没怎么睡。"

然后,它又和妙妙谈起果酱、蘑菇与江河,然后抱歉地问道:

"对了,嗯嗯,明天是'姓名日',我想做蘑菇汤。巧了,我的酸奶油用完了。如果你不介意,可以借给我一点吗?"

妙妙欣然同意,把瓶子里的酸奶油递给了它。

第三天,下雨了。妙妙正在用醋栗做果酱。傍晚时分,响起了敲门声。梭鱼来了。

"雨下得真大呀。雨快停的时候,我一直追着云朵,所以来到了这里。不过,妙妙你在做什么呀?

"哎呀,嗯嗯,明天是'姓名日',我打算做蘑菇汤。真不凑巧,现在采蘑菇有点来不及了。如果不是特别麻烦,你可以借给我一点蘑菇吗?"

妙妙把几天前从树林里采摘的蘑菇装进网兜,递给了梭鱼。今天,妙妙依旧欣然答道:"嗯,好的!"

第四天,梭鱼一整天都没有出现。又过了一天,到了晚饭时间,梭鱼来了,给妙妙念了一首自己写的诗。然后,它十分抱歉地说:

"对了,嗯嗯,明天刚好是'姓名日'。我想在饭后喝一杯茶,但是我的茶炊刚好坏了。如果你真的不介意,可以把你的茶炊借给我用一天吗?"

据我所知,煮茶的茶炊在俄罗斯非常重要,嗯,替换为我们的情况就是,相当于全家唯一的饭锅。但是,妙妙欣然同意把茶炊借给梭鱼。

然而,那个不知是梭鱼还是无赖的家伙一整个月没再出现。

（俄罗斯人喝茶比喝水多。天气非常冷，可是妙妙无法煮茶喝。）一个月以后，妙妙去了梭鱼家。梭鱼让妙妙进门，不好意思地说东道西。妙妙准备离开，梭鱼非但没有归还茶炊的意思，反而说道：

"对了，真的很抱歉，如果你不介意，如果不麻烦的话，可以借给我一点红茶和砂糖吗？反正明天就是'姓名日'，一定用得上。"

第二天，妙妙把红茶和砂糖紧紧抱在怀里防止受潮，去了梭鱼家。但是，梭鱼并不在家。就这样，又过了三个月。

妙妙去采蘑菇的路上，在江边再次遇见了梭鱼。梭鱼和妙妙闲聊了一会儿，再次开口说道：

"对了，嗯嗯，明天是'姓名日'，我要做蘑菇汤，你一定要来！"

这一次，梭鱼为什么没要什么东西呢？果不其然，它走

了几步之后,回过头来大声喊道:

"对了,嗯嗯,我现在才想起来,很抱歉,我需要黄油和盐巴。如果你不介意,可以稍微借给我一点吗?"

(可能你也看出来了,这只梭鱼为什么在说话之前总要加上一句"嗯嗯"呢?)

小猫妙妙把自己"今天"珍惜的东西都借给了梭鱼。当然,读者们也知道梭鱼根本不会归还,妙妙却并不在意。妙妙可能需要读一读那本《他其实没那么喜欢你》,还有《不要给那个男人打电话》或者《拒绝之书》等。

不过,妙妙的性格很好。"送走意外造访的春天,告别匆忙收尾的夏天,离开金黄色的秋天",它在散步中迎接冬天的到来,"小心地避免踩到蓝盆花的花簇"。故事仅此而已。这只名叫妙妙的小猫说:"一步一步爬上草原的坡路,我的内心一点一点充满了难以用语言表达的幸福感。"小说到此结束。

这算什么呀？我有点生气，想要喊叫。作者及时站了出来。我心想，果然不出所料，作者要说点对策什么的吧。如果是一个明辨是非的作家，理应这样做。然后，作者说，"妙妙很幸福"。

面对他人的频繁请求，妙妙没有认为对方很不幸，或者产生其他想法，而是谦恭地借出东西。它开心地享受着这一切。像以前一样与梭鱼见面，信赖大自然，温顺地接受一切，这样做的前提永远是需要一颗美丽的心灵。

全书结束了。真的结束了吗？我反复翻看了好多遍，正文真的在这里结束了。我说这是一本荒唐的书，你可以理解了吧？这说得通吗？独居太久的可怜小猫妙妙，已经分不清风声与敲门声。一只不知是梭鱼还是无赖的家伙找上门来，表示自己住在"远处那片发光的江河"，逐渐夺走妙妙的所有东西。然而，妙妙只是爬上草原的斜坡，感到无以言表的

开心。"不行,不能被骗!梭鱼是个坏家伙!"我强忍着内心的呼喊,翻到了下一页。作者深吸了一口气,继续说道:

  如果你觉得梭鱼很狡猾,总是借东西不还,证明你有点疲惫。

我突然心里猛地一沉,有点反常。我想干咳几声,作者却已经准备好了处方。

  首先,今天不上学,不上班,一整天什么也别想,发呆就好。

我像被人打中了后脑勺,真的。不过,作者没有就此停住,好像把我放在一面大鼓上,猛烈敲击。

  如果你认为梭鱼是一个以"姓名日"为借口的骗子,那就像让·日奈一样,只在包里装上一把牙刷,从公司辞职,擅自退学,立刻离开补习班或者预科学校,去某个地方旅行吧。在遥远的异国他乡，辗转于廉价的旅馆，哪怕在人生最后时刻只留下一把牙刷，这也是你的责任。

什么呀？让我走，又说这是我的责任？我想表示疑问，作者却无情地向着我那颗备受打击的心插上了最后一把匕首。

"啊，就是此时此刻。"必须倍加珍惜产生这种想法的瞬间。"啊，就是此时此刻。"每个人的生命中，都珍藏着这种稍纵即逝的瞬间与悲伤。

蔚宁，我合上书，打开了窗。我想絮叨一句"真荒唐"，却已泪水盈眶。

"梭鱼太坏了，它是一个骗子。它总是说谎，借而不还。孤独可怜的妙妙，只能望着远处那片发光的江河对岸……所以，梭鱼是一个令人讨厌的骗子！"话未说出口，泪却流了几分钟。你知道这是为什么吗？蔚宁，我至今未解其中缘由。不过，我感觉自己以后会一直珍惜这本书。而且会无数次重复这句话：

"今天要休息。嗯，今天什么也别想，发呆就好。"

蔚宁，所以我今天也不游泳，打算就这么一动不动地待着。

好了，愿你今天也过得愉快！

不论你选择什么样的人生,
我都会为你加油

>>>

蔚宁，冬天来了。在写下这段文字的清晨，还下着冰冷的冬雨。现在，所有的树叶已经凋落，生命即将藏进泥土。阴冷的冬天来了，我很害怕，你却很喜欢。

天气变凉了，关上窗户的日子变多了。"塔莎·杜朵"系列的主人公塔莎·杜朵老奶奶这样的人喜欢冬天。因为他们每天忙着收拾院子、干农活，睡不了几个小时，只有冬天才能安心入睡。九十多岁的老人说出这样的话，多么飒爽，同时也让我这个睡懒觉的人感到多么惭愧！她让我重新审视了讨厌的冬季。出门拥抱晴朗天空与凉爽清风的想法消失了，莫名悸动的内心也沉静了下来。所以，翻书的季节到来了，是时候打开书柜了。向着比我们更加专注、以不同角度看世界的人敞开心扉，再次领悟到克服烦闷就会迎来静谧，实现成长的道理。

整个周末，我都在阅读《给莉莉的信》。我与本书作者麦克法兰的想法十分相似。你也有过这种经历吗？偶尔看到作者的语气与想法和自己过于相像，会吓一跳，仿佛作者彼时能听到我的附和那般，我不断说着"是的是的"，度过一段愉快的时光。在这个世界上，遇见和自己具有同样的情感和想法的人，是何等快乐啊！

来自剑桥大学的麦克法兰教授比我大二十二岁，却总给我这种感觉，可谓是久违的愉快阅读。夜半徘徊在书房，深切关注世界与后辈，这样的男人是多么有魅力啊！在冬夜阅读有魅力的男人写出来的文字，就像是披着一块色泽美丽的羊绒披肩般温暖。

可能有点偏题了，不过我很喜欢这种上了年纪的男人。这个年纪的男人，冬季挑灯夜读偶尔会感到困顿，昏黄的台灯下若隐若现的白发像是华丽花束中的大麦穗般清新。他们有的穿着朴素的衬衫，却又不经意露出艳丽的真丝围巾。经过首尔师范大学前的牛肠店胡同，偶尔也会看到那种穿着笔挺的西装、夹着大大的文件包（那家牛肠店几乎没有放文件包的地方）的男人，与老态尽显的同龄人喝着烧酒，热烈地讨论着什么。他的同龄男人们通常坐在酒馆里，两眼放光地盯着出入的年轻女人，偶尔早点回家也只是打开电视，声音开到很大，握着遥控器不断换台，苦恼着该看什么节目，结果在某个瞬间却已打起了呼噜。

不过，这位老教授却坐在堆满书籍的书房里，为外孙女写信至深夜。他的研究室或者书房窗外，彼时也簌簌飘落着硕大的梧桐叶或者红楠叶吗？窗外凄冷的雨滴淅沥地敲打着玻璃窗，他可能会喝一杯加足牛奶与砂糖的芳香红茶。

我想到了收信人，他的外孙女莉莉。莉莉可能是你的同龄人？不过，收信人莉莉实际上和这位老教授毫无血缘关系，因为麦克法兰教授是莉莉母亲的继父。这种说法复杂吗？也就是说，莉莉的母亲八岁时，麦克法兰教授与莉莉的外祖母结婚了。阅读这封信时，我想象着收到这位老教授信件的外孙女的形象：十几岁，脸上点点雀斑，眼睛忽闪忽闪的。不论是写信的老教授，还是收到信件的外孙女，那双眼睛一定散发着爱的光芒，我从未怀疑过这一点。血缘？那只属于需要继承王冠与世袭领土的人。我曾多次为之愤怒，你也看到过吧？我们没有那些东西，只能专注于更加形而上学、精神层面的事情。

这位外祖父是一位文化人类学者，在大学教书育人三十余载，去过世界各地旅行，亲身体验过各种文化。

"莉莉，假设生活在遥远行星的外星人到访地球。"全书以这句话开始。

我也经常心怀这种想法，你知道吧？这种想法的好处是，因为违背常理而有趣，同时又使那些理所当然而略感无聊的事物变得非同寻常。你我曾经共同喜欢过的小说《意外的旅客》的女主人公穆里尔也说过这样的话。当时，孤独的穆里尔（这个名字很美吧？不过，她是一个十分孤单的女人，会在深夜拨打报时电话听语音。凌晨1点15分16秒，1点15分17秒，听这样的语音。我也曾经在这样的深夜里频繁打电话听天气预报。现在有了网络，不必再打电话了）经过急诊室的门前，说："如果外星人初次到达的地方是这间急诊室门前，他们会认为我们地球人互相帮助、彼此友好吗？"那么，不妨想象一下外星人抵达了其他地方。真的会有很多答案。

如果可以在宇宙中看到地球这颗蓝色星球，该有多好啊！发现首句即和我一样的想法，这种感觉十分有趣，就好像遇见了一个初次见面就说出我的所有苦恼的人。麦克法兰教授如此描述自己写信的动机：

莉莉，作为你的外祖父，我想和你谈谈，帮助你理解世界。你可能会因为不知道如何接纳这个混乱的世界而感到困惑。

我也曾经像你一样困惑。说实话，我也曾经站在选择的岔路口不知所措，希望有人为自己指路。或许，这种经历促使我鼓起勇气写下这封信。当然了，我不会永远陪伴在你的身旁，所以现在给你写这封信非常重要。不论你怎么呼唤，我也无法应答，那一天终会到来。

我读着这些段落，不断念叨着"是的，没错"，仿佛麦克法兰博士就站在我面前。可能我也同样困惑，甚至更加严重，犹豫得有点离谱，渴望出现一个高人指点迷津。此时，我大概有以下两种感受：一是感谢作者替我说出心里话；二是嫉妒作者比我表达得更好、更深刻。不过，就像我刚才说的那样,这是一位魅力十足的老爷爷。怎么说呢,他如此温暖,对他怎么可能只有嫉妒呢?

"不论你怎么呼唤,我也无法应答,那一天终会到来",这种说法让我泪流满面。我们可以猜得到,他多么关注莉莉,而莉莉又是多么经常呼唤他。

这封信共有二十八个主题,不只作者的外孙女莉莉或者你,我也产生了好奇心。比如:

我是谁?

爱就一定要结婚吗?

为什么会有性爱?

为什么家人之间会产生隔阂?

为什么人类会变得残忍?

什么是朋友?

为什么神灵对人类的痛苦袖手旁观?

为什么我们必须不断学习?

如何保证永久的幸福生活?

为什么学校不喜欢违背常理的想法?

为什么非洲每四秒钟就会有一个人饿死?

遵纪守法是最佳方法吗?

必须要生孩子吗?[1]

当然,本书没有爽快地回答这些基本而深奥的问题。因为,任何人都无法给出标准的解答。不过,作者提出了一个略显意外的问题:为什么不提问呢?

随着年纪的增长,我们会越发倾向于不再心存怀疑,也不再提问。因为我们会理所当然地接受自己所习得的生活价值。于是,我们不再创造生活,而是苟且存活。因为在信奉绝对价值与当然价值的地方,主动开拓自己的生活并不是一件易事。我希望你可以活出真我。为此,你要以陌生的眼光看待你自己和你生活的世界,以更客观的视角铸就更精彩的人生。

---

1 本部分目录标题以韩译版为准。

几十年来，他游遍世界各国，似乎深刻地体会到了"理所当然"并非绝对。在"爱就一定要结婚吗"这一部分，他谈到了某民族根本不存在"结婚"这个词汇与概念。他还谈到，用错"我们"这个概念时，人类会对排除在外的"他们"多么残忍。而这些，都是以民族、国籍或者肤色的名义。你也知道吧？我们经常以"和我们不同"这个简单又物质的理由，肆意践踏他人的人生。

是的，他还谈到了你在不久前苦恼不已的朋友与友情。

心生好感的喜欢，不等同于爱。人们通常会说爱自己的父母与兄弟姐妹，却不喜欢他们。这种事很常见。因为好感与爱都很重要，却不是一回事。

友情不是静态的事物。友情像是江水，唯有向着某个方向流动时才有意义。它必须永远地发展、变化、扩张，吸收新经验。有人曾说，英国人没有绝对的朋友，只有针对某事的朋友。然而，朋友绝对无法成为具有排他性的私人所有物。在人生的旅途中，你终将明白，最艰难的事情莫过于学会分享或者失去朋友。

蔚宁，你也在学习吧？这件最艰难的事情。那天，你问起关于朋友的事情，我也只能把某位老师说过的话转达给你。生活就像登山，而朋友就是你的同伴。入口处有那么多人，后来大部分却不知去向。你爬得越高，身边的人就越少，你也就越孤单。就算可以遇见某位同行者，偶尔幸运地一起登顶，却也基本会在岔路口离去，或者根据各自的速度，遇见又分开。

这句话，我思考了很久。遇见又分开，我依然对此感到生疏而辛苦。偶尔，就像胸口的缝合线被整个扯下。不过，每到此时我都会想，生活就像是流动的江水，或许会偶有回转，却不能永远停滞不动。不论对谁，哪怕对我自己，流动，必须流动，只能流动，渴望流动，任其流动。只有这样，生活才会散发出自由的光芒。是的，这很艰难，比我害怕的登山更加艰难。说实话，我依然在学习失去朋友这件艰难的事情。

然后，麦克法兰为外孙女指明了在历史与文明发展中的前进之路。我们不难感觉到，他身为知识分子，尽量以一种通俗的语言向外孙女解释以后要走的路。"这样！""那样！"他没有采用这种豪爽而单调的指导者语气，所以显得更加难得。

当然，我们必须努力把世界建设得更好，少一些残忍、混乱与不公正。但是，我们不可能把世界建设为想象中的伊甸园。因为这种黄金时代事实上从未存在过，而且建设人间伊甸园的尝试，无论初衷多么美好，也终将以极权主义之类的悲剧而告终。这种尝试所筑就的不是伊甸园，而是地狱，因为它的立足点是对人类与社会的一种完全非现实的概念。归根结底，我们不论做什么，只能接受自己的内在矛盾性。如果我们可以有所期望，那就是尽量避免伤害与我们共享地球这颗行星的其他人类与生物。

不过，作者并未以相对主义价值观远观这一切。

我们很容易成为冷笑主义者，认为世界上不存在真实，所谓公正只是虚构，观察是彻底的偏颇，所有理论都被政治偏见所左右。

当然，这种想法对错参半。主张发现真理或者找到正确道路的人，以及找到生活重要目的的人，我们有必要对其保持怀疑。不过，由此认为无法发现正义、真理与目的，那么人生没有了追求的价值，也将会变得毫无意义。

你可能会反问道："妈妈，又是这些？"可我今天谈起这个话题，是因为你们之间突然流行的所谓"酷"之类的东西。我和这种冷笑斗争了很长时间。膝盖上结着血痂，一瘸一拐地哭着跑起来时，却看到朋友们笑嘻嘻的样子，你想象过这种场景吗？当时，我多么羡慕他们。他们看起来那么成熟，有派头。我怎么做才能像他们一样呢？我也曾热切渴望过。当时，我脸上的泪水混杂着汗水，你知道那有多么丢脸吗？不过，那种冷笑不只对我这个朋友，也对他们自己造成了极大的伤害。蔚宁，时隔许久，我才领悟到这一点。

看到不幸的人因为贫穷而遭到歧视，爱情丢下真心不减,甚至爱得更加热烈的人独自离去,遭遇飞来横祸却看到对方更嚣张时,我明白了,所谓"酷"的人,要么大脑受了损伤,要么存在很多心理、病理方面的问题。

是的,为了不受伤害,没有比冷笑和所谓的"酷"更好的解决办法了。写作也可能变得更加简单,以文学的方式略加粉饰也不错。这样的人生或许不会受到伤害,却也无法得到其他东西。更荒唐的是,体验过伤害、后悔、反抗之后,尚且还会尝试克服什么,无悔的空虚却连后悔也没有,酷(cool)得冷冰冰(chill)了。你想象一下,你成为一个老奶奶时,走在路上回头一看,你的人生"酷"得空空如也,冷冷清清。我似乎听到你在我面前发出"啊"的一声尖叫。没错,我想说的正是这个。那显然不是伤口,而是恐怖,是猎奇。伤口显然会痛,但是如果只是为了不受伤而冷眼看世界,你人生的主宰位置就会全部让步于"伤口"。心里的伤口无能为力,但是你不能永远藏在伤口背后。

迄今为止,这个地球没有过你这样的人,以后也不会有。这句话适用于地球上的所有人。不过,你的独特并不会因此而减少。

　　最后，我还想再和你说一句，莉莉，我爱你。不管你选择什么样的人生，我都会为你加油。所以，你不要感到恐惧，尽情张开你的翅膀吧！我们恐惧的只是恐惧本身。

　　对吧？亲爱的女儿！
　　我不希望你只是苟且活着，而是创造生活，重新审视所谓的"理所当然"。不要有任何恐惧，尽情张开你的翅膀。我答应你，不论你选择什么样的人生，我都会为你加油。
　　今天，我本来打算一定要去游泳，可是有客人要来……
　　好了，愿你今天也过得愉快！

生
活
，
比
我
们
知
道
得
多

>>>

蔚宁，在闲暇的日子里，或者连休、外出度假时，我会翻找网络书店买书。这种时候，我最喜欢文库版图书。文库版图书价格低廉，而且都是经典作品。因此，收到书偶尔会有一种发了意外之财的喜悦。

大概是初中二年级的那段时期，曾经有一套"三中堂文库"。当时的图书都是统一售价两百韩元，换算为现在的价值是多少呢？差不多是普通公交车费的三倍，所以真的算是物美价廉吧。放学之后，我经常和好朋友一起去书店买三中堂文库的图书。文库版图书的背面印有所有图书的目录，我把那部分剪下来之后贴在书桌前，每读完一本就用彩铅画掉。我读过的世界名著，大概有八成是在那段时期读的吧。当然了，我那么做也不完全是因为有趣，和朋友的竞争心理也起到了一定的作用。"我读过这种书。"嗯，这样的骄傲心理在生活中也不算坏事。阅读这种好书时，会莫名地产生一种自己很优秀的感觉；手里捧着一本体会不到任何趣味的所谓的"好书"，就会对自己感到非常满意。不过，看不懂并不代表对我毫无意义。你有时也会不理解我说的话，长大之后却顿然领悟吧？"啊哈，原来是这个意思。"某位前辈曾说，读书是"玩物致知"。这种说法借用自儒家经典《大学》中的"格物致知"，意思是在玩乐中有所认知。关于文库版图书，是不是聊得太多了？总之，奥斯卡·王尔德的《狱中记》就这样来到了我的手中。

你也记得王尔德吧？他写过《快乐王子》，标榜唯美主义，可谓是颓废派的先驱，因为生活放荡与语出惊人而成为时代的问题人物。此外，基督教书籍中也会引用他的作品段落。他的文字神圣而伟大，同时又极具迷惑性，很难相信出自同一人之手。因此，我很好奇他的真面目。

由于恋人父亲的起诉，他锒铛入狱，在当时可谓是千夫所指，换作当今时代一定会登上九点新闻特辑。整个伦敦都在排斥他，所有人都在嘲笑他。王尔德一直辛辣批判伪善的英国社会，已经是丑小鸭般的存在。看一下他说过的话，这种情况也可以理解。如果那些辛辣的发言并不正确，他也就不会遭人讨厌了吧?让我们来听听他说了些什么吧。

  在美国,总统执政四年,舆论的统治却是永远。

  民主主义(democracy),只是"为了人民、依靠人民",用大棒敲打人民罢了。

  爱情,永远始于自欺,终于欺人。这就是世人所谓的罗曼史。

  恋爱,源于彼此的误解。

  正确的婚姻,以互相误解为基础。

  流行,是一种丑恶的形态,很容易令人厌倦,所以有必要三个月更换一次。

  义务,是对他人的期待。

  生活分为两种:想做却做不到,能做到却不想做。

  生活极其重要,不是那种一本正经地讨论的琐碎小事。

怎么样?听了好像会掩口而笑吧?

只不过,他现在成为众人嘲笑的对象,被监禁起来了。

"痛苦是一个漫长的瞬间",本书就这样开始了。

1895年11月13日,我从伦敦被移送到这里。

那天,直到两点半,我都穿着囚衣,戴着手铐,站在克拉彭车站的站台中央示众。我的样子怪异得难以形容。人们不断地看着我发笑。每当有火车到站,看客便会增加。他们兴致勃勃的样子,让我大开眼界。当然,他们那时并不知道我是谁。在他们得知我是谁之后,笑得就更厉害了。我几乎在灰色的雨中站了半个小时,身边围满了嘲笑我的人群。经历过这件事之后,几乎一整年,我每天都会在这段时间落泪。

等到在监狱中不再落泪的那一天,我的心已经变得完全坚硬了。

父亲是著名的医生,母亲是作家,王尔德在这样的家庭中长大,那种苦难应该是头一遭吧。不过,我认为那些头脑像电动马达般转动的天才,偶尔也有必要停一停脚步。这种想法太过分了吗?如果他们(通常是被迫)停下来,向前的推动力就会迫不得已转而向下，所以通常他们能挖出普通人难以触及的深井，向我们展示出他们对生活深刻的洞察力。

王尔德认为，入学牛津和进入监狱是改变其生活的两大事件。我也是入狱之后才明白自己多么热爱文学的。世界真奇怪啊！我也偶尔会产生这种想法：如果当时没有在监狱里第一次那般残酷地面对自我，我又会怎么样呢？孤零零地坐在寒冷的监狱中，唯一的食物就是廉价的面包和牛奶。过了半个多月，我在出狱时，体重足足掉了七公斤。当时正是暗地里刑讯逼供的时期，侦查人员还会对年轻女性实施性拷问。你知道什么是性拷问吗？侦查人员对女性实施性暴力，利用羞耻心进行拷问，逼迫其说出其他人的藏身之处。你可能又会问我："我们国家如此落后吗？"是的……

就这样，我出狱之后，朋友们经常泪汪汪地让我吐露实情。"你实话实说！我们帮助你。这件事必须揭发、反抗！你快说！你遭受性拷问了吧？"不论我怎么否认，他们都不肯收回怀疑的目光，一度认为我是贞操情节严重才那样做。迫不得已，我只好尽快补回减掉的七公斤，重新变得胖乎乎的，他们这才不再追问。唉，如果我当时置之不理，说不定可以维持那个体重吧。无论如何,那次瘦身可是我在监狱中的第二个宝贵收获呢。

是啊,在二十四岁那年,如果没有直面自我,没有在强制的沉默中面壁,拷问心灵,我会不会绕很远的弯路呢?"我是谁?我想做什么?"当时,我觉得被关在那里是一种极大的不幸,我很想成为一名倡导劳工运动的革命家,却没有想过那究竟是否适合自己。"必须那样做",我把自己的生活完全交付,其他人也都认为那是一种正确的做法。所以,任何人都必须对生活谦逊一些。生活可能比我看得更远,比我更加了解我自己。把生活替换为宇宙、神灵或者人生,答案也是一样的。我也是这样一路生活过来的。生活让我在那里驻足,让我痛苦不堪,我迫不得已向自己痛苦发问,最终改变了自己的人生轨道。不过,我经常会想,这种悖论并无太大坏处。

我的朋友曾说,判断所走的人生之路是否正确,只要提出三个问题就行。这是你想走的路吗?别人也认为这是你的路吗?命运也认为这是你的路吗?

嗯,对我来说,成为作家就是我的路。不过,我自己希望这样吗？直到最近，我才找到答案。仔细想来，谁又能爽快地对这三个问题给出肯定答复呢？只能一直苦恼这些问题而已。

生活似乎比我们懂得更多。不只是我，你的梦想也不能锁进规则的牢笼。你梦想着当一名老师，却不等同于因此切断其他的可能性；你梦想着当一名律师，也不等同于其他东西都不是你的生活。梦想必须在你的心里，而不是你一头扎进梦想里。

机械化的人会认为，生活是一种通过方法与手段进行谨慎算计的反射敏感的赌博。他们通常知道自己的目的地，也会到达那里。成为国会议员、成为生意兴隆的食品商人、成为著名律师或者法官以及类似的人。或许，他们怀着成为某个教区下级官员的理想出发，终究会成为那种下级官员。但是，他们不会取得更大的成功。他们因为束手束脚，才成为他们想成为的人。

蔚宁，我希望你在青春时期苦恼自己成为什么之前，首先考虑做一个什么样的人，过什么样的生活。答案就在这个过程中。安东尼·德·梅勒神父也曾经略微偏激地说过：真正的生活属于赌徒。

不过，王尔德这个惹是生非的家伙沉迷于同性恋，反抗并嘲笑所谓"一切邪恶之言行"，正应了但丁所说的那句"心怀悲伤的人寻找神明"。

蔚宁，我的一位朋友曾在喝酒时说，就算在接受死亡审判的时候，艺术家们也显然会有一个独立的房间。因为严守道德，根本无法创造出什么作品。因此，会有一部特别法，赦免他们犯下的所谓"不道德"。当时，我们笑了很久。读着《狱中记》，我又在心里想起了那句话。

如果生活在当代，王尔德可能只是一位平凡的艺术家。不，他不平凡，说不定会凭借毒舌与风趣而成为网络红人。只因为他是同性恋者，就要在极度伪善的维多利亚时代承受那种痛苦，想来很是心痛。可是，又能怎么办呢？艺术就是痛苦，而我以此为业。游泳从明天开始，今天想去和那位主张"艺术家特别法"的朋友喝酒。王尔德那么不幸地死去了，我却独自去游泳，似乎太自私了。尽管如此，你依然会在家安心学习吧?"这是亲妈吗?"这句话留着以后再说。

如果你今天不熬夜,那就明天早晨再见吧!

蔚宁,愿你今天也过得愉快!

希望如波涛碎裂,
如鸟儿死去,如女人离开

>>>

蔚宁，漫长的冬季正在离去。窗外灰蒙蒙一片。我现在尽量不见人，想把自己困在孤单之中，感谢你的理解。偶尔，我会想逃往无人之地，进入寂寞的深林之中。但是，生活并不允许我这么做。于是，我会在网上搜索斐济岛，然后梦想着在热带海边盖一座小房子。

等到把你们全部抚养长大，我想移民去那种地方，盖一座三层小屋。一层售卖意式浓缩咖啡和面包，二层是西餐厅兼酒吧，三层是我的工作室与住处。早晨起床之后，去一层喝咖啡，吃羊角面包，然后沿着海边散步，顺便去一趟市场，买些新鲜的海产品。晚餐是美味的海鲜料理，搭配香气浓郁的葡萄酒，然后上去睡觉。每扇窗户都可以看到蔚蓝的大海。清晨播放钢琴曲，黄昏聆听小号，深夜则欣赏原住民男子亲自吹奏的萨克斯……

很不幸，这种空想的特征是五分钟之后必须用橡皮全部擦除。因为我会想到,清扫与你们共同生活的房子已经够烦了,咖啡馆、西餐厅和酒吧可怎么办呢?就算请人来做,还要为保洁员费心。如果生意不如预期,我只能自己吃掉所有的咖啡、羊角面包和海鲜;以后想卖掉那座房子却难以转手;萨克斯演奏者与女服务员情投意合而私奔,我亲自端酒却遭到客人们抗议;我想吃首尔小胡同里的烤肥肠与面筋……出现这些状况的时候,我该怎么办呢?因为这些顾虑,空想五分钟已经足够,即刻就会变得烦躁起来。我又想,索性在家喝咖啡,偶尔去商场买葡萄酒,还在原来的地方睡觉。突然间,我觉得自己的生活真幸福!仿佛已经去了斐济岛的美丽海岸受尽千辛万苦而归来一样。

这可能是受到以前读过的短篇小说《鸟儿去秘鲁寻死》的影响。这篇小说讲述了主人公离开巴黎,独自去秘鲁的利马海岸开咖啡馆的故事。

蔚宁,法国的短篇小说永远那么迷人。小时候读过的莫泊桑或者加缪等作家,把生活中的讽刺片段像切蛋糕一样展现在我们面前。像是毫不多余的开胃菜一样,小巧而悲伤。帕特里克·莫迪亚诺的《暗店街》的第一段:"我什么也不是。那天晚上，我只是某间咖啡馆露台上的明亮剪影。"这样的语句曾经让我停留很久。其实，我也曾经满意地看着你读加缪的《异乡人》，一整天备受刺激的样子。法国小说中（不过，现代作品我还没有完全读过，感觉那种香气似乎消失了），显然存在这种陌生的力量。

　　罗曼·加里的小说带给我们这种朦胧感。如你所知，罗曼·加里出生于1914年，如果现在还在世，应该比你祖父还要年长吧。得益于出生在发达国家法国，1914年出生的他，为我们提供了现代范本。由此看来，作家出生在哪个国家真的很重要。在我很小的时候，他以化名埃米尔·阿雅尔发表的成人童话《来日方长》（*La Vie Devant Soi*）再度获得法国龚古尔文学奖。就是毛毛出场的那个故事。龚古尔文学奖本是颁发给作品而非作者的奖项，所以同一位作家不能重复获奖。不过，他以远亲侄子的名义发表了另一部作品。有一位只要他发表作品就会大肆抨击的评论家，却极度称赞了他以埃米尔·阿雅尔的名义所发表的小说，导致自己后来颜面尽失。

　　何止是他，我偶尔也想隐姓埋名参加新人文学奖。既不是难抵奖金的诱惑,也不是对奖项的憧憬,更不是出于某种虚妄的英雄情结,只是想让那些看到我的名字就会兴风作浪的评论家丢脸。我只是偶尔想抛弃那些与我无关或者必然会跟随而来的所有偏见与赘冗,不,有时甚至想把本质也一并抛弃。近来,我连这些也不再考虑了。这意味着我已经把所有的偏见与赘冗当作自己的生活了吗?不,我只是现在才领悟到,除了活出自我,没有其他办法。

是啊,生活……这部小说的主人公出生在法国,然后去了秘鲁。据我推测,他可能热爱切·格瓦拉,曾经有过为理想献身的青春岁月。他时年四十七岁。神奇的是,这正是我再次翻开这本书的年纪。

他参与过西班牙内战、法国地下抵抗运动、古巴独立战争,然后来到一切结束的安第斯山下的秘鲁海岸隐居。因为他到了四十七岁左右,已经吸取到足够的教训,对伟大的目标、美丽的女人已经毫无期待。不过,倒是可以在美丽的风景中寻求心灵安慰,毕竟自然风景几乎不会背叛你。

他在剃须,像每天早晨那样惊讶地看着镜子里的自己。"我想要的可不是这种!"他以搞笑的腔调自言自语。看着所有的白发与皱纹,一两年之后会是什么模样已经显而易见。从今往后,只能修身养性。现在,他不会再给任何人写信,不会收到任何人的来信,也不认识任何人。就像那些尝试与自己绝交的人一样,他也断绝了与其他人的联系。

每天徒劳地尝试与自己绝交,梦想着去斐济岛开咖啡馆的我翻开了这本书。不过,罗曼·加里看到的海岸与斐济岛不同,到处是死去的鸟群。没有人知道,为什么这些鸟儿会来到这里死去。一个二十二三岁的女孩走进了他的视野。这个试图自杀的年轻女孩与四十七岁的男人相遇,短暂地扰乱了男人的孤独。"极度细腻而苍白的脸,严肃的大眼睛,以及与眼睛十分般配的点点水珠",作者如此描述女孩的容貌。年轻的时候,我读到这个段落,通常会心潮澎湃地想象着女孩的美貌。如今再次拿起这本书,我已经不再想象女孩

的容貌,而是产生了其他的想法。假如罗曼·加里最近发表这篇小说,我会写下这样的评论:

"我想斗胆请教罗曼·加里先生,如果那是一个五官古怪、肤色黝黑、长着一双滑稽眯眯眼的老女人,我们是否依然会怜悯她的自杀与绝望呢?罗曼·加里的这种资产阶级本性令人作呕。"

我还会想到罗曼·加里读到这段文字之后喋喋不休的样子。

"你知道了又能怎么样?如果真的那么好奇,那你自己写一个呗。"

哼!好吧,我们再次回到这本书。

女孩抬头望着他,残留的泪水使得她哀求的双眼更加明亮。她以孩子般的语气说道:

"如果您允许,我想留在这里。"

然而,他已经习惯了。这是孤独的第九次波涛。这股最强劲的波涛,来自非常遥远的外海,将我们吞没,然后用力抛出,突然放开。我们举起双手,伸展双臂,再次冲出水面,垂死挣扎着渴望抓住一棵救命稻草。任何人也无法征服的唯一诱惑,便是希望的诱惑。他对自己心里如此非同寻常的固执感到惊恐,耸了耸肩:

"请留下吧。"

他抓住了女孩的手。

因为他的内心拒绝放弃,不断咬住所有的希望诱饵。他相信幸福的可能性隐藏在生活的深渊中,在黄昏时分突然到来,为一切洒上光芒。他的心里留存着束手无策的傻气。

不过,希望总是如波涛破碎,如鸟儿死去,如女人离开。最终,他坠落在虚无的深渊,摔得粉身碎骨。我很心塞,把书抱在怀中片刻,然后再次翻开书页。一切像是幻影。我的脑海中,很久以前破碎的波涛、死去的鸟儿与离开的人们,再次破碎、死去、离开。

蔚宁,我这个以写作为生,以阅读为乐,至今不会游泳,又没有什么其他兴趣爱好的人,在某个微风轻拂的午后,徘徊在书房里,清扫着书柜缝隙里的灰尘,拿出一本很久以前让我久久迷恋的书,就地坐下阅读。远处,邻居敞开的窗户里传来练习吹小号的声音。窗外的阳光如此明媚,我的心却徘徊在秘鲁的利马海岸。我明白这种心怀愚蠢希望的无奈,也理解去斐济岛建一座有咖啡馆和西餐厅的小屋然后把它推倒的心情。所以,在这样的午后,将世人一分为二,我们这种愚蠢的人把那些不理解这种心情的人狠狠打一顿,会怎么样呢?

蔚宁,这篇短文耗尽了我的所有体力。在这个午后,我倒了一杯葡萄酒,慢慢品尝。所有的游泳场馆都禁酒,我必须遵守规则。

能够伤害你的人,只有你自己

>>>

蔚宁，好天气在继续。你一整天都要学习，或许会感觉这种天气很残忍。天空蔚蓝，气温不高不低，花朵也俏丽……今天，你也会偶尔看向窗外吗？是啊，偶尔抬头看看窗外，尽情享受这种天气吧。因为今天是你拥有的全部时间，只有今天属于你。就算你已经知道昨天的所有，也丝毫无法更改；对于明天，你则一无所知。因此，今天，此时此刻，才是你生活的全部，应当全身心地投入。

昨天，你遭到了莫名其妙的误会与攻击，向我倾诉了许久。是的，我真想去找那个如此对待你的人，挽起袖子，和他理论。不过，我决定先暂缓一下，给你写这封信。我想与你探讨，在那一刻，对方因为你没有做过的事情而误会你，在众人面前让你丢脸，你心里淌血疼痛时，"真正，真正，伤害你的人究竟是谁呢？"

你喜欢读书，我也喜欢读书。读书与人生中的许多其他事情一样,并非只有一个理由。不过,我经常听说,好书的某句话可以改变人生的方向。这句话便是如此。我像是被弱电流击了一下,有点心酸。

"能够让你痛苦的人,只有你自己。"

这是我在安塞尔姆·格林(Anselm Grun)的《不要折磨你自己》中读到的句子。这位作者为遭受性暴力的女性疗伤,然而任何慰藉也难以安抚和治愈她们的伤痛。因为童年的性暴力并不是这些女性为了自我折磨所致。有的人沦为历史牺牲品,或者在恐怖事件中不幸遇难,都不是源于自我折磨。但是,在性暴力、疯狂的历史或者暴力事件中遇难,就算这些人无可奈何,就算命运无常,承认自己是牺牲品之前,我们可以做点什么呢?格林通过和这些女性的谈话,发现了一个奇怪的事实。

痛苦的人,混淆了痛苦和自己,所以害怕与痛苦告别。因为他们了解痛苦,却不知道摆脱痛苦之后,等待自己的是什么。

蔚宁，你了解这个看起来异常而矛盾的事实吗？这是一个可怕的真理。看似难以理解，但是周围真的会发生这样的事情。偶尔，我会产生一个想法。聆听真正痛苦之人的故事，与他们一起极力寻找摆脱痛苦的方法时，我经常会突然产生这个想法：他们真的想摆脱这种痛苦吗？有时，我自己也是如此。为了摆脱痛苦，通常需要打破痛苦的框架。那是一种未知，比痛苦更加可怕。

格林还发现了另一个奇怪之处。不只是遭遇性暴力的女性，可能我们所有人都存在异常的地方。他如此写道：

> 我们总是把指责我们的人置于陪审席，自己被迫坐上被告席，为我们的行为辩解。

你可以理解吗？是谁让那些永远指责我们的人取代为我们辩护的人坐上了陪审席？是谁让我们自己坐上了被告席？某一天，我痛苦不堪地感觉到人们对我的要求和我自己的想法不同,然后读到了这句话。如指甲刮过的痕迹般,一条红色的着重线画在了我的心里,而不是书上。"嘎吱",生锈的人生传出了转换角度的声音。我想结束不幸已久的婚姻,却因为恐惧而未能付诸行动。因为还没有离婚,似乎已经听到了尚未说出口的责备。不过,读到这句话之后,我问自己,我为什么坐在被告席,我把谁安置在了陪审席?我清楚地知道我没有错,不必坐到被告席;爱我的人没有指责我,也不可能指责我。然而,我主动坐上了被告席,把婚姻生活的判决权交给那些莫名其妙的人。如此重要的人生判决,居然交给不爱我的人……那天刚好时隔许久外出,和一群不怎么亲密的朋友喝酒,我如此说道:

"我现在要离开被告席!从今天开始,解雇所有陪审员……"

蔚宁,我搞不懂自己为什么要在酒后重复这句话。不过,这是我今生最好的一句酒后胡话。那一刻,我的内心产生了一种难以说明的解脱感。那种解脱感伴随着恐惧,但至少确认了在指责我的人面前为自己辩解是一种愚蠢的做法。我曾经紧抓不放,但现在把它一脚踢开,开始迈出了摆脱的步伐。直到现在,我依然记得那一刻的激情澎湃。

格林的这句话,以东方圣人克里索斯托的思想为依据。克里索斯托出生于344年左右。自古至今,圣人们通常会遭到谋害与误解。人们讨论如何让他吃点苦头,却怎么也找不到方法。如果让他当上主教,他就会心怀感激,成为一位非常出色的主教;如果将他流放,他会看作基督受难般的好机会,变得更加坚韧;如果杀了他,他显然会沉浸在为上帝殉教的喜悦之中。无论什么事情,都无法驱逐他生活中的快乐。苏格拉底曾说:"他们可以杀死我,却无法伤害我。"

迫于无奈,克里索斯托被任命为主教。344年,也就是公元4世纪,1600多年前,我们的国家还没有进入三国时代[1]呢,当时也有很多只关心金钱与成功的年轻人(那个时代,哇!)。这位圣人说出的话,在今天看来也非常进步。

> 你无法摆脱别人评判的目光,是因为你接受了别人的评判标准。人类的力量究竟是什么呢?你害怕贫穷,

---

[1] 此处指朝鲜半岛的"三国时代"。

但金钱并不是力量。使你摆脱奴隶生活的自由，也不是力量。人类的力量是正直，与真实的表象所带来的专注和生活方式有关。

是的，这里终于出现了"表象"这个词语。"正直，与真实的表象所带来的专注和生活方式有关"，我在这里停留了很久。

如果说格林引用了克里索斯托的言论，克里索斯托则借用了比他早两百年左右的爱比克泰德的言论。

> 人们陷入混乱，不是因为事件本身，而是自己对事件所构建的表象。可怕的不是死亡本身，而是我们所理解的死亡表象。碎裂的花瓶本身并不恐怖，可是我们把自己看作花瓶，认为不能打碎花瓶，对花瓶过于执迷，所以才会受伤。伤害我们的不是失去金钱的事实本身，而是我们认为金钱必不可少，没有金钱无法生活的想法。

"死亡、打碎的花瓶、失去的金钱，都无法伤害我！"嗯，我不确定自己能否像这些伟人般大声喊出这句话，却也看到了一丝渺茫的希望。不问实质，认为与交往对象分手是一种不幸；无论如何，断定维持婚姻是幸福，离婚是不幸；认为"财富即幸福""又美又瘦即幸福"……这些错误的表象，可能与我至今说得上名字的事物与事件一样多。

我想起了高三那年的一件事。当时，我第一次遇到如此艰难的时光。你的外祖父做了错误的债务担保，导致唯一的房子被查封，我们被迫沦落街头。真心交往的好朋友去了美国留学，暗恋的人某天消失得无影无踪，我认为再也没有什么比这更不幸的事情了。实际上，我默默地哭了很久。最难熬的不是我们家的遭遇，也不是去留学的朋友，更不是暗恋对象的离去，而是同班同学得知我的这种凄惨境地之后，第一次向我投来了怜悯的目光。我现在已经不会那样了，但当时我的自尊心深受打击，难以忍受。

我故意在面食店消费，故意做出开心的样子，一切都是故意的。心里很想死（现在想想，至于去死吗？不过，当时就是那样），却无法在他人面前表现出来。我想死，想逃离,逃去一个没有课本和参考书、不需要补课的地方。然而,我又无处可逃。想来想去,也想不到可以去的地方。所以,我只能拼命与高三对抗。

我心想,既然无可逃避,那就不要被牵着鼻子走。我要主动,不要被操控,不能像奴隶一样学习,要成为时间的主人。

迄今为止,我几乎没有像当时那样努力生活过。其他朋友以高三为借口不再去教堂,我却坚持每个周日参加志愿服务。我认真读书,经常与朋友们交谈,还结交了一些新朋友。后来,时间变多,家境也恢复了,我偶尔还是会想起高三的那段时光。我意识到自己此后再也没有像那样认真生活过。我想,是那种可怕的不幸让我奋发图强,端正了我的生活态度。那么,对我而言,什么是真正的不幸与霉运呢?

爱比克泰德是一个奴隶,而且跛脚。有人说他从小残疾,有人说他是被主人打残了。总之,他的童年非常恐怖,这一点毋庸置疑。爱比克泰德作为奴隶再次被送到罗马时,已经得到解放的奴隶爱帕夫罗迪德雇用了他。然而,爱帕夫罗迪德作为一个被解放的奴隶,非但不理解奴隶的悲苦,反而虐待爱比克泰德。爱比克泰德由此明白，带着未被治愈的伤痛的人，会把这种伤痛转移到他人身上。婆婆曾经是被虐待的儿媳妇，所以虐待自己的儿媳妇；母亲做女儿时受了委屈，所以折磨自己的女儿；白手起家的企业家曾经忍受饥饿困苦，所以低薪压榨员工。伤痛的转移，是因为未被治愈。不论出于何种意图，如果我曾经伤害过你们，应该也是因为我心里存在未被治愈的伤痛。

因此，爱比克泰德审视自己和对方的伤痛，在克服那种伤痛之后，如此断言道：

只有在渴望自由的时候，人才会变得自由。只有我们想伤害自己时，其他人才能伤害我们。所谓不幸，并不是源于我们遭遇的事件本身，而是我们对那些事件的想法、信念、偏见……也就是"表象"。

爱比克泰德、克里索斯托与格林神父就像是歌剧的三巨头，唱完各自的独唱曲，在结尾部分开启了三重唱：

我们对他人的评价，与我们对那个人的想法一致。如果我们疯狂赞美某个人，即使他做出了最不堪的事情，我们也会看得入迷，认为他独特而非凡；如果我们以愤怒或者失望的眼光看待某个人，就会对他十分不满，认为他令人不爽、懦弱、狡诈、不正直。因此，追究表象以及隐藏在投射表象背后的东西，在上帝的光芒之下想象人与事，对于正直的生活至关重要。只有这样，我们才能自由对待人和事，也就不会再有什么事情能伤害到我们了。

　　蔚宁，投射表象的你的背后有什么呢？你自己没有的东西，无法给予他人。如果你心里有憎恶，你就会带给他人憎恶；如果你心里有爱意，你就会带给他人爱意；如果你心里有伤痛，你就会带给他人伤痛；如果你心里有戾气，你就会带给他人戾气。如果你爱一个人，那个人肯定在某方面和你相像，因为你发现并爱上了自己心里的东西；如果你恨一个人，那个人也在某方面和你相像，因为你无法从他身上看到自己心里没有的东西。不论你给予他人怎样的情感，爱意也好，憎恶也罢，最终都会原封不动地返还给你。如果领悟到这个事实，一句话、一个眼神就会变得可怕。真的十分可怕。

蔚宁，我们有时会困在莫名其妙的荆棘丛里，或者跌入屈辱的深渊。你心怀善意，却有可能遭到毒打，或者颜面扫地。但是，你必须记住，就算我们无法阻止事情的发生，也可以在心里为其定位。这取决于我们，也必须取决于我们。

把今天交给早晨偶然遭遇的屈辱，还是把你的心交给生机勃勃的五月的美好，决定权在你手里。这不是好与坏的问题，而是你的选择。

做时间的主人。只要你心存善意，相信自己，就没有人能够伤害你。不论你的成绩怎么样，你的性格怎么样，你的体重怎么样，你是时间的主人，是宇宙中最宝贵的生命——人。

蔚宁，你说你很痛苦，是吧？你当然会感到痛苦。每个人都会在这段时期感到痛苦。但是，你的痛苦真正来自哪里呢？既然已经感到痛苦，把痛苦的时间当作激励我们奋发图强、追求进步的机会怎么样呢？蔚宁，对不起。我知道这会使你更加痛苦,却依然在不断地讲些大道理。但是,说实话,我觉得你处理不好这段时期也可以,没关系。你还年轻,还有很多机会。我不想以这一年判断你的所有,也不能那样做……我爱你。我现在才明白,爱就是接受一个人的全部。为你送上我带着歉意的爱。

不知道为什么,我产生了一种预感:今天游泳馆休业。

好了,愿你今天也过得愉快!

爱意是温柔的礼物

>>>

蔚宁，考试考得好吗？如果我这样问，你就会像往常那样，平静而简短地回答"不好"，然后浅然一笑吧？我略显无奈地想要给你讲点大道理，却只动了动嘴唇，就会跟着你笑起来。"考得不好，没有唉声叹气，你还笑，真是太好了。"可能我会这样回答，然后我们面对面地大笑吧。我还会和你一起喝着凉爽的蜜桃味冰红茶，听你讲你和朋友们的琐事。

今天，你去学校的那段时间，我读了你很久之前推荐的那本《想念梅姨》（*Missing May*），时隔许久哭了一鼻子。那种感觉又麻又甜，我深受感动。

每次读书，我都感觉把听筒对准了作者的灵魂，像是用听诊器聆听胸口的心跳声。偶尔读到心境相通的作者的文字时，似乎彼此的心灵之间接通了管道，正束手无策地感受对方的悲伤与痛苦。

如你所说,《想念梅姨》是一部非常美好的小说。作品中没有什么特别的事件与考验,也没有什么特别的出场人物,我却觉得读完之后应该把书紧紧抱在怀里,哪怕只有五分钟的时间……

萨玛(小说的主人公小女孩的名字,意思是"夏天"。如你所说,名字非常美!)的养育者梅姨("梅"这个名字也很美,意思是"五月")离世,故事由此开始了。首先,主人公回想了住进欧伯(这个名字也很有感觉。英文中"of"一词的意思十分宽泛,我就不翻译了)与梅姨的拖车式活动房屋的那段时光。住在拖车式活动房屋的老夫妇,不必多解释他们有多贫穷了吧。不过,萨玛在那里发现了异常而陌生,却是自己在心里寻找已久的东西。

看着他们,我的眼里常会盈满泪水。六年前,我第一次来到这里时,年纪太小了,甚至没有考虑过什么是爱。我的内心深处,或许一直在渴望与怀念爱吧。某天晚上,我第一次看到欧伯坐在厨房为梅姨编金黄的长发时,差点儿去树林里幸福地大哭一场。虽然记得不太清楚了,但是我也得到过那种爱。一定是这样。不然,我怎么会在那天晚上看到欧伯和梅姨之间的那种情意,就知道那是爱呢?妈妈去世之前,为我梳过光亮的头发,还在我的胳膊上均匀地涂抹强生婴儿润肤霜,把我包进温暖的襁褓,整夜抱着我。绝对错不了。因为得到过那种爱,所以我再次看到、感受到那种爱的时候,就会明白那是爱。

是啊,不论他人经历着多么悲痛的事情,我们也无法哭得同样伤心。因为我们心里没有那个人的悲伤与叹息。然而,如果看到某人幸福、拥有真爱,或者做了崇高的事情,即使当事人不哭,我们也会落泪。为什么会这样呢?我想,虽然我们无法完全体会他人的独特悲伤,但是那种特别的爱、幸福与崇高,已经公平地与我们共享。所以,我也可以理解萨玛见证老夫妇的真爱之后想哭的原因。不同之处在于,她想去树林里哭。我很羡慕她。如果咱们家附近有树林,我也想去树林里幸福地哭一次。

真的很奇怪。不久前,弟弟买了一只小鸡仔回来,你记得吧？不知道从什么时候开始，在我很小很小的时候，小学门口每年春天都会有人卖小鸡仔，也有人一定会买回家。我？那当然，小时候也买了几次。有几个小孩能拒绝那种金黄色的小毛团呢？总之，弟弟买回来的小鸡仔，也像某所小学门口卖的那样，生病了，长了眼屎，还拉稀。而且，弟弟说他没钱，只买了一只。小鸡仔该有多孤单啊！放学之后，弟弟去补习班、玩电脑游戏，丢下小鸡仔不闻不问。可怜的小鸡仔，就快要病死了。

我批评了弟弟。我理解他的那种心情，但是看着一个小生命在眼前死去，太痛苦了。我认为弟弟也应该明白这个道理。我说了他几句（当然了，在我看来，只是声音大一些，说的都是好话），他从早晨就开始哭哭啼啼，最后叹了一口气，用卫生纸为箱子里的小鸡仔擦去粪便，还换了干净的水。我偷偷观察着弟弟。他还在抽泣，却也和小鸡仔玩了起来。他还笑了，像模像样地和小鸡仔说话呢。小鸡仔也好像懂事一般，在弟弟的书桌上走来走去。当然了，小鸡仔一直拉稀，弟弟不断叹着气擦拭，用的还是他自己擦过眼泪的卫生纸。

出人意料的是，几天之后，小鸡仔的眼睛变得明亮，不再拉稀，黄色翅膀上还开始长出泛着白光的长毛。小鸡仔终于战胜疾病，进入成长期。带回家的箱子、饲料没有任何改变，唯一不同的是小主人经常陪它玩，懵懂地感受到了自己对这个小生命的责任。

目睹整个过程，说实话，我很震撼。想到世上的所有生命，就连在家里养的花、那只生病的小鸡仔，也如此需要爱和关心，我感到非常震撼。我还想到，咱们家住公寓，等到那只小鸡仔长大，应该怎么办呢？"宰了吃掉？"想到这个，很抱歉，我突然感觉面对你们更加吃力。哎，天哪！我似乎应该对着某人枉自辩解："我怎么了？孩子们学习不好，感到彷徨，难道都是我的错吗？"

那对贫穷的老夫妇，就这样养育着萨玛。六年之后，梅姨去了另一个世界。欧伯整日萎靡不振。某一天，萨玛听说邻市有一位通灵人，可以召唤亡灵，于是起程前往，渴望见到梅姨的灵魂。欧伯与萨玛的朋友克莱图斯也一路同行。克莱图斯没有什么特点，却能正确区分什么时候该说话，什么时候不该说话。克莱图斯问欧伯和萨玛，梅姨是一个什么样的人。欧伯回答说,梅姨是一个非常好的人。

听到欧伯的讲述,我有点意外。我本以为欧伯会讲一些大事。比如,梅姨偷偷攒钱三年,买了欧伯非常想要的价格昂贵的刨子和锯子;我得了水痘,一直发烧、说胡话,痛得想死,梅姨连续三十二个小时没有合眼,一直照顾着我。

然而,欧伯完全没有提起这些了不起的大事,而是讲了一些小事。梅姨每天都会为欧伯疼痛的膝盖涂抹药膏。我小时候,梅姨停下手里的家务活,隔着窗户看我荡秋千,深情地对我说:"萨玛,可爱的孩子,世界上最可爱的孩子。"就这样,欧伯迫不及待地讲述着珍藏心底的温暖记忆。

我读书时的心情如何呢?从这里开始,我深受触动。

他们寻找安慰的途中,去了一趟克莱图斯的家。在那个只有车库大小的房子里,他们见到了克莱图斯"干苹果般的"(哇,这个表达!就像某位老师的外号叫地瓜或者豆酱饼一样,简直太形象了!)妈妈和爸爸。萨玛说:"在二月的冷风中,那座寒酸的房子看起来很快就会倒塌。不知道为什么,我很想为他们盖一块温暖的毛毯。"在克莱图斯的家里,萨玛的内心受到了触动。"见到如此温柔的人,我的内心也情不自禁地变得柔软。我怕自己会落泪,所以没有提起梅姨的事情。"萨玛心想,"我明白了自己与克莱图斯的差别:他相信一切都会变好,我却战战兢兢地害怕失去一切。"

书中的语言与出场人物都很温柔,我的内心也情不自禁地变得柔软。尽管不会有人看到,我却担心自己哭出来,双手用力翻动着书页。这个时候真应该尽情地落泪,搞不懂我为什么总是忍着。

他们当然没有找到安慰,只好回家。一切如命中注定般,他们偶然发现了梅姨留下的一封信。与梅姨的离别太痛苦,萨玛一度欲哭无泪。读着那些文字,她哭了起来。尽管不会有人看到,我却强忍住泪水,读到这里终于再也控制不住了。那段文字如下:

我曾经感到费解，为什么我如此苍老之后才遇见你呢？我胖得快要撑破屋子，而且深受糖尿病之苦；欧伯瘦得皮包骨，又患上了关节炎。如果在三四十年前遇见你，我们可以轻松地为你做很多事情，现在却无能为力。如果我和欧伯还年轻，身体健康，可能根本意识不到自己多么需要你这个孩子；你会觉得，我们没有你也能活得很好。我们年纪大了，非常依赖你；你看到这样的我们，也可以放心依赖。我们一家人，迫切地彼此需要。因此，我们要紧紧拥抱，团结一心。答案就是这么简单。

蔚宁，年龄增长带给我的礼物，就是让我明白了"伟大即简单"的道理。爱是其中之一。你不要认为这种思想很陈旧。"妈妈，妈妈"，自人类诞生以来，这种呼唤持续了几千年，却依然令每个人肝肠寸断。你我曾经分别又重逢，你的两个弟弟也和我紧紧相拥。我也懂了，为什么我们彼时才相见。

今天，不论你们盯着电脑屏幕，还是无所事事地看电视,我都想说出这些话,就算这会让我觉得心里别扭。

"蔚宁,可爱的孩子,世上最美的孩子。"

只是想象一下,就会全身起鸡皮疙瘩?那当然!我也一样。"收拾收拾房间吧。你打算什么时候学习呢?"你何不把这些话当作那些说不出口的肉麻表达的变形呢?

今天,我打算去游泳,再做点其他运动。可是,哭完之后,浑身无力。所以……无论如何……从明天开始……

希望今天是个好日子!

好了,愿你今天也过得愉快!

人生中无所谓幼稚

\>\>\>

蔚宁，今天早晨的风很大。你喜欢这种阴雨天气。我离开你，独自在柏林生活的那一年，明白了天气会对人产生多么大的影响。想起那个全年晴天不足一个月的地方，现在依然会觉得有点痛苦。当时，如果没有每天早晨点燃的蜡烛，我会如何度过呢？今天，我也呼唤着你们的名字，点亮四根蜡烛，开始写这封信。

我拿出了以前读过的旧书。这本书比最近的书体积更大，字号更小。突然看到过去阅读时画线的段落，我一时思绪万千。我读着尊敬的作家黄晳暎的文字，迎接这个阴郁多风的早晨。这篇《没开月的鸟》是我尤为喜欢的短篇小说之一。

这篇短篇小说讲述的是一位即将被派往越南参战的士兵的一天。你知道越南战争吗？美国的年轻人糊里糊涂地被派往了丛林战场。在那里，大量的杀伤性武器被投入使用。当时还很贫穷的我们国家的年轻人也被鼓动参与了其他国家的战争。在无法保证活着回来的情况下，攒在口袋里的那些皱巴巴的钱不知道什么时候就会变成一堆废纸被丢弃。这篇小说讲述了出发前一天，主人公韩姓上等兵与部队附近娼女村美子之间的故事。

这篇小说就像一首长诗。黄晳暎先生的美丽文字，如此意味深长，在练习写作的青春时期，曾让我久久无法入睡。太美了，太令人羡慕了。小说的开始，出发之前的某个夜晚，主人公短暂离队，回到首尔。

时隔一年半重回首尔，再次确认了我的什么东西呢？那东西像是爬行动物的蜕皮，我捡起那层蜕皮，重新蒙在了身上。我曾经垂着肩膀瞎逛的胡同里，依然站着面色阴沉的同龄年轻人。聪明的家伙们依然在讨论秘密结社，我一直很想加入他们。他们像是成功的绅士。母亲的食品店关门了，那黑漆漆的天棚上，我的"潜艇"合上了盖子，等待着船长。我掀开盖子，探出脑袋，好像再次潜入了深海。阁楼的墙上，我离开那天胡乱写下的文字犹在——"豺狗整夜嚎叫"。

这次短暂的夜行仿佛凝聚了主人公成为军人之前的所有孤单，他叙述的首尔渗透着疯女人浓妆艳抹般的20世纪60年代的湿气。孤零零的归途中，他目睹了某对恋人的离别。此前，主人公也给深爱的女人打了电话，却一句话也没能说出口。

女人微笑着挥手，跟着走了几步，停在原地，像跳皮筋的小女孩一样蹦蹦跳跳。我似乎和那个女人对视了。不过，那个女人应该是不经意地看向了火车灯光吧。他们两个人会怎么样呢？我从战场回来时，不，到了下周末……他们不认识我，也不会记得我，可能把我塞进灯光、噪声或者风中。但是，就算无法再次相见，我也会久久地记住他们。我会清晰地记得弄乱女人头发的高个子中尉的笑容，也不会忘记女人蹦跳着道别的样子。那一刻，我告别了我那充满悔恨的时代，明白了自己多么热爱那一切。生活中的这些片段，偶尔会让我痛苦不堪。

　　主人公就这样离开了首尔，再次回到部队。部队附近有一条叫作"没开月"的私娼街，那里住着一个名叫美子的女人。美子伏倒在下着雨的路边，主人公救了她，两人由此结缘。私娼街里住着一些面临人生绝路的女人。美子意外地像良家女子那样爱上了主人公。不过，在主人公看来，那些女人甚至比不上用完即弃的一次性用品。女人们的人权遭到践踏，被男人们打得鼻血直流，却依然为即将离去的军人们准备着煮地瓜和紫菜包饭。

　　美子跟着即将去往越南的主人公（军人们坐着卡车离去。他们坐在卡车的车厢里，父母那个年代的军队就是这样），跑向卡车扬起的灰尘中，把用白手帕包着的东西扔了进去。后来，主人公打开一看，是一对做工粗劣的塑料不倒翁。对于美子来说，那可能就是"活着回来"的爱情表达吧——像不倒翁一样，倒了也能重新站起来。怎么办呢？如此幼稚。

我登船之后,打开了手帕,里面是一对塑料不倒翁。当时,我还很懵懂,直接扔进了海里。上了战场,我才明白,人生中无所谓幼稚。

小说没有过多说明,很快就结束了。多希望可以为你说明一下这个段落对我和我那一代人的深远影响。读过这个段落,我学会了不轻视一切幼稚的东西。偶尔,我还会对幼稚中饱含的纯真致以敬意。

窗户吱嘎吱嘎地响,风真大啊。我偶尔也会回忆起令我感到痛苦的生活片段。车站、离别,还有那些面孔与灯光。

蔚宁,苦难、难以忍受的孤单,还有低谷,有时会让我们变得更加成熟而丰富。从此之后,我像做练习一样,开始感知这种人生奥秘。

很辛苦吧?很渴望自由吧?可是,世上不存在没有痛苦与忍耐的自由之路。我敢断言,绝对没有。我今天是不是大道理唠叨得太多了?不过,我也没有办法,我也是刚刚明白。我只能告诉你,人生中无所谓幼稚,没有免费的自由,所有一切都有自己的独特价值。

我应该学习独特的游泳方法，然后去游泳。

好了，愿你今天也过得愉快！

她也有错

>>>

蔚宁，我上周读了一本非常有趣的书——《京城奇谈》。其实，它只是我随意拿起的一本书，没想到竟然如此有趣，我一直捧着读到了深夜。像这般感受到书籍所具备的娱乐功能（并不是说这本书没有益处），也是久违了。

这本书的作者全峰宽是一位年轻的教授，他仔细翻阅了20世纪30年代的杂志与报纸，为我们讲述了过去的奇闻逸事。现在看来，我们会觉得这些事情莫名其妙，但也能从中了解一个事实：殖民地时期的朝鲜，新文明与旧文明冲突的时代，日本统治之下的韩国人的人权比狗命还贱。我还想到一个问题，那就是不论生活在哪个时代、哪段时期，人的感受、思维与追求，真的十分相似。

本书目录如下：

竹添町断头幼儿事件：京城街道光天化日之下滚动

的幼儿头颅，持续二十三天的大骚乱

安东川上巡警被杀事件：巡警惨遭杀害，被捕的朝鲜青年们真的是凶手吗？

釜山玛利亚残杀事件：被乱刀刺死的朝鲜婢女，冷笑的日本女主人

杀人魔教白白教事件：已确认被害者314人，震惊全朝鲜的邪教集团的最后之际

中央保育学校校长朴熙道的女弟子贞操蹂躏事件：究竟是厚颜无耻的性暴力，还是恶意诬告？火花四溅的真相游戏

债务王尹泽荣侯爵的负债受难记：纯宗大王的老丈人赖账三百万韩元

李寅镕男爵的夫妻争吵：李载克男爵的百万遗产所引发的阴谋与暗斗

梨花女专安箕永教授私奔记：以爱情名义抛弃家庭的艺术家的卑陋私生活

朝鲜的娜拉，朴仁德离婚事件：新女性的先驱为何抛夫弃子

朝鲜第一位瑞典经济学专家崔英淑的惨剧：抛弃名誉与爱情回国的知识女性，遭到祖国抛弃，贫困致死

我很少像这样冗长地抄写图书目录。不过，光看这个目录，就已经像读了一部长篇小说或者纪实文学般津津有味。坐在温暖的沙发里，吃着橘子或者栗子，和我一起读读这本书，可以吗？

前面几篇都是杀人事件，寻找凶手的过程当然有趣，不过作者有意放在后面的两位女性的生活经历，也让我感到心痛。我深知那段时期女性的思想进步，连当今的普通女权主义者都难以匹敌。不过，走在时代前沿的人，而且还是女性，不幸结局似乎已是定数。不，就算表面看来生活安稳，接受超前思想也是一种不幸。因为真相（女人也拥有和男人同样的权利与欲望的可怕真相！）一旦铭刻在心，就绝对不会消失。

柳宽顺烈士的老师朴仁德离开了丈夫与孩子，去美国留学。她在美国取得博士学位，凭借自传《九月的猴子》赚了一笔丰厚的版税。听一下她回国之后向丈夫提出离婚时的说

法吧。

到今天为止,我已经结婚十年了。我不是他们口中的母亲与妻子,而是一个奴仆。妻子当牛做马养活他们,丈夫只躺在家里睡午觉吗?我再也无法忍受了。

最终,朴仁德成为朝鲜第一位获得了丈夫损失费的离婚女性。继朴仁德之后,包括你近期一直看在眼里的某个人,韩半岛出现过不少离婚时得到损失费的女性。女性在离婚时收取损失费,其实也成了我们的偏见。

我们国家最早的瑞典经济学博士崔英淑比朴仁德更惨,二十七岁英年早逝。她放弃所有的荣华富贵,回到了祖国,却只能以卖豆芽为生。她还在归国途中生下了深爱的印度男人的孩子,可是孩子刚出生就夭折了。作者如此写道:

她也有错。生为女人,过于走在时代前沿,爱上一个外国人,还怀了混血儿。更重要的是,放弃一切,回到了不欢迎自己的祖国……不久前，赫因斯·沃德[1]的母亲泪流满面地说道："如果我当时带着沃德回到韩国，会怎么样呢？可能会沦为乞丐吧？"

前段时间，我到访了极度贫困的非洲国家。有一位在国际机构工作的乌干达女人说，乌干达的男性全都非常落后，回到家指使女人做所有家务，自己连根手指都懒得动。而且，如果乡下的亲戚来访，丈夫想要帮助自己，其他人就会以异样的眼光盯着他们，怀疑"这家出了什么不好的事情"。她似乎在向我们这些来自"发达国家"的人控诉自己的未开化状态与艰难处境。我的前辈刚嫁到庆尚道某地时，家里举行祭祀仪式。"我的勺子和饭碗呢？"几根手指冷冰冰地指向某个方向——厨房。乡下厨房的泥地上，放着一个大铜盆。祭祀剩下的食物全部倒在了那个盆里，一番搅拌之后，按照女人们的数量，插着几把勺子。

---

[1] 赫因斯·沃德：美国职业橄榄球运动员，韩美混血。

我说这本书很有趣，却谈了一些过于沉重的话题吧？我刚从非洲回来，身体很不适，今天似乎不能去游泳了。

好了，愿你今天也过得愉快！

学会分辨可为与不可为

蔚宁，最近你好像心情不好，我也不怎么开心。我认为我们既是母女，也是好朋友，所以彼此至少不该刻意地隐瞒什么秘密。昨天晚上，你说"什么话也不想说"。听到这句话，我在客厅里坐了很久，再次想起了很多没能为你做的事情。对不起！我总是对你心怀歉意。不过，看着你无可奈何地保持沉默，我心想，好吧，这不是我现在能做到的事情。这是我年龄增长所得出的结论。

我是一个热情专注的人。你也知道，我只要开始做某件事，就会彻夜埋头苦干。在求学途中，这是一个很好的优点。不，有了职业，成为作家之后，这个优点依然发挥了不可否认的积极作用。然而，通过刚才那段话，我突然意识到这并不利于解决人类的问题。

我本以为，任何努力都是正面的。朋友误会了我，无论如何也要努力解除误会；朋友讨厌我，无论如何也要表达我的善意，让对方喜欢我。如果认为自己的信仰与理念正确，经常迫不及待地想要灌输给他人，而且以为这样做很棒。有一天，我像个傻瓜一样明白了可为与不可为的区别。不管是企图改变天气、别人的心意，还是在不接电话时一直打电话到深夜，都是一种徒劳。

什么也不做，分辨什么事能做，什么事不能做，比努力做某件事更加困难。昨天，如果我不明白这个事实，一定会去你的房间继续烦你，追问你发生了什么事。我当然无法断言会有一个好结果。

真的很奇怪吧？在生活中，我们有时必须努力做成某事，有时又必须努力不做某事。如果可以区分二者，你就获得了圣方济各所说的"智慧"。不过，人生在世，我们经常需要意识到自己的无能为力。郊游时变差的天气，讨厌我、离开我的人，你不想和我说话的意愿，以及有时必须克服这些状况的我的心情。

然而，我唯一能做到的事，就是努力调整我的心情，温言以待，理解你也有你的特殊情况与专属情绪。也就是说，我不会对你的意愿妄下断言（因为结果不会正确），而是安静地看书，或者立刻提着包去游泳。

蔚宁，任何人都会有不想说话的时候。如果我因为自己是妈妈或者朋友，就强迫你开口说话，那是一种失礼。我很担心你，却也应该珍视你的意愿。这对你，尤其是对我，尤为必要。不过，我爱你。今天，我真的不能再盯着你的房门了，而是应该收拾一下自己的游泳包。

好了，愿你今天也过得愉快！

愿望成千上万,希望独一无二

>>>

蔚宁，雨下得很大，似乎整个国家都在雨中屏息凝神。我在乡下的房子里，看着连续下了几天几夜的雨，感觉自己好像被关进了玻璃屏障中。上次吵架之后，你已经四天没有和我说话了。四天了，我的内心空空荡荡，感觉你我之间仿佛隔着一层雨幕般的窗棂。我曾经若无其事地和你搭话，看着你走进房间关上房门的样子，我有点苦恼，却也只是选择观望。

你应该十分清楚，如果以前遇到这种情况，我会把你叫出来，煞费苦心地和你说这个应该这样，那个让我难过之类的话。今天，我想说几句不同的话。我现在才逐渐明白，双方矛盾激烈时，纠结其中反而会把问题搞得更加复杂。这种做法不代表视而不见，掩盖或者回避问题。幸福的生活，究竟是什么呢？我们的希望是否在此呢？

不久前，我采访过一位深入研究社会与人类心理的精神科医生。她曾经在美国求学、执教，刚回国不久。她曾经研究过儿童心理，对国内妈妈们当中流行的非正常英语教育表示担忧。她说，很多只有英语流利的儿童患者来医院就诊，真正的教育是告诉孩子如何独立幸福与共同幸福。采访途中，来了一个电话。她说那是一个国际长途电话，很抱歉需要接听一下，我表示理解。

挂掉电话，她说电话是在美国的儿子打来的，和她商量重要的前途问题。"哦，是这样啊。"我回答道。

"儿子今年从××法学院毕业，正在美国一家著名的律师事务所实习。"

到此为止，我以为那只是上流阶层理所当然的子女炫耀罢了。我见过太多声讨公费教育不堪并早早把自己的孩子送出国外的知识分子，与无条件听从丈夫的不当言论的女权主义者，所以对此并不感到意外。现在，我也不会认为他们都是伪善者。只不过，我心里产生了另一种讥讽的想法。

"嗯，原来儿子毕业于顶级法学院。如果捐出全部家产就可以让孩子入学，相信我身边至少有十位家长报名。还有十位家长会试着谈判能否打半折，其他人则是拖欠二十年，偿还十年……应该会如此吧。

她再次开口说道:"不过,儿子最近在最有名的几家律师事务所实习之后,结果发现那些律师根本不幸福。所以,他不想做律师了,觉得自己应该寻找别的出路。刚才那通电话说的就是这件事,我支持他的选择。"

我的心情有点奇怪。我没有毕业于法学院的儿子,所以其实无法切实体会那些话。令我感动的是她的最后一句话。她看我一脸困惑,笑着说道:

"怎么样?我养了一个好儿子吧?"

我再次看着她。她满脸洋溢着发自内心的喜悦。

那天,回到家之后,奇怪的是,我不知不觉翻开了皮埃尔神父的书。

20世纪初期,皮埃尔神父出生于法国的上流家庭,十九岁那年放弃了所有财产,加入修道会,成为一名神父。此后,德军占领法国,他参加了抵抗运动。战争结束之后,他成立"以马忤斯协会",为无家可归的人建造住房。他连续八年当选"法国最被尊敬的人"。为了介绍一个人,还要提到排名榜首之类的,略微有点不好意思。我阅读他的著作的时候,经常会思考"什么是生活"。不久前,我在报纸上读到他去世的消息,还在心里默哀了许久。

请注意,不要试着为痛苦之人提出忠告,不要展开精彩的说教……我们应当保持谨慎,只需心怀关爱与担忧,安静地为他祈祷,让他感觉到我们和他一起面对痛苦。这就是慈悲。在人类的所有经验中,这种做法最为美好,最能丰富我们的精神。

他说,我们需要的不是殉教者之类的庄重。
这个世界的律法并不严格。抵抗运动的同僚成为国会议员之后,对皮埃尔说:"你现在建造的住房违反了法律,应当立即拆除。"皮埃尔平静地回答:

"我也知道这一点,所以你修改法律吧。人比法律重要得多,不是吗?"

这句话触动了我的心灵。而且,皮埃尔回应得如此平静,这更加令人震撼。我想,皮埃尔说这句话的时候,可能面带微笑吧,像个淘气的孩子。他不说法律的正误,也不说你对还是我对。

蔚宁,你每天心烦意乱,觉得忙碌的妈妈很薄情吧?是的,你的确会如此。不过,这种艰难的日子里,笑一笑吧!因为你自己比所有的"事情"更加重要。"愿望成千上万,希望独一无二",我希望你可以读一下皮埃尔的名言。

> 不要混淆希望与愿望。我们可以拥有成千上万个愿望,却只能拥有一个希望。我们期盼某人按时到达,期盼考试合格,期盼卢旺达和平。这些都是个人愿望。
>
> 希望则截然不同。希望与生活的意义密切相关。如果生活没有任何目的地,只是把即将腐烂的肉体引向地下,活着有什么意义呢?所谓希望,就是相信生活有意义。

希望与大学、金钱以及名誉无关。或许,希望是我们的本质,即彼此相爱,对他人、自我的爱与骄傲。如果你认为继续和妈妈闹脾气有用,你就那样做吧。如果那是你守护自己的骄傲的方法，当然应该那样做。不过，我们可能在童年时代就已经是这种人了，为了表达对妈妈关爱不足的怨恨，果断拒绝妈妈提议的冰激凌。你知道吗？为了表达怨恨，我们唯一的办法就是拒绝自己最喜欢的东西。我们都是受过伤的人。

　　上了年纪之后，皮埃尔曾说："我确信人生中存在根本的东西。有两件事情绝对不能搞砸，爱与死亡。"我还没有他那么年老，却也随着年龄的增长确认了一件事：不知道为什么，克制、奉献、牺牲的人，年纪越大越自由；随心所欲、自私自利、追求成功的人，年纪越大越受束缚。美貌也不必多说，前者很美。这样说可能不太合适，与道行高深的修行者，或者首富相比，真正美貌又如何呢？今天晚上，我准备你喜欢的炒鸡胗配啤酒。暂时放下我们之间的矛盾，和我一起聊点儿有意思的事情好吗？笑一笑，也许就会重新变得放松。你对我的期盼，我对你的期盼，这些只是愿望，是我们自认为为了实现希望而必需的东西。然而，希望只有一个，那就是我和你彼此关爱，互相尊重，给予对方自由。蔚宁，消消气吧，我在等你。外面正在下雨。停雨之后，世间万物就会吸收水分，生机勃发。只有你消气，我才能如约去游泳。

　　愿你今天也过得愉快！

想成为作家，必须先赚钱

>>>

蔚宁，漫长的雨停了，终于出太阳了。这几天湿气很重，天花板上的壁纸都耷拉下来了。我喜欢夏天，却也对此感到不适。你们三个放假了，也不用去补习班了，还有两只猫……为了更多地陪你们，我决定不再去工作室。最近，我偶尔会感到后悔，拿不准这个决定是否正确。作家偶尔需要孤独，就算留在独岛也不会心存不满。不，不只是作家，所有创作都必须以孤独为燃料。所以，就算我偶尔说想一个人待着，你也不要伤心。这不是爱不爱你、想不想陪你的问题。不妨再啰唆几句。不久前，我见到了某著名作家的女儿，她也是一位写作者。我趁机问她："你那么尊敬妈妈，也会对她有什么不满吗？"她回答道：

"偶尔……太冷漠了。大多是写作的时候……"

当时，我也想到了你。或许，你也会偶尔做出这种回答。

在这种情况下，我有时会翻开朴景利老师的散文集。不必多解释，就是《土地》的作者的那本《给Q先生》。她是我的前辈同行，不，应该是我在文学少女时代憧憬过的老师。她的文字很适合我。我的上一本散文集《给J》，以英文大写字母开头，可能就是受到了她的影响。"Q是谁呢？"她也和我一样，深受这个问题的困扰。她的回答如下：

Q先生，真是一个孤独、模糊的称呼。我根本不知道你是谁。可能是我的影子，围绕着我的四面墙壁，或者是那遥远夜空中的星星。你不知道，我们在永恒的黑暗中吟唱着期盼一丝光亮的歌。你也不知道，那首歌是人类无止境的哭声。

我们人类一起走进僻静的胡同，坐在冬日寒风吹得老旧招牌嘎吱作响的餐馆里共享晚餐，在锯末烧得正旺的冷清茶房里听着悲伤的音乐、品尝一杯咖啡，在街灯灰蒙蒙的深夜里半路分手，就算我们如此情深义重，你也不会了解我的这种孤独。更何况，Q先生，你是我的影子？你是虚空？你什么都不是吧？

什么也不是的人，什么也不是，我却要传达我的心意的人，那就是Q先生或者J吧。可是，他们听我们说了这么多，偶尔也会提问："作家为什么要写作呢？"

我总是有很多话要说。想说的话太多，我快要失重，我的目光徘徊在群星闪耀的宇宙与宇宙之外的无限空间。"你写过那么多小说，依然有那么多废话吗？"千万别这样问我。今天，此时此刻到来之前，我想说的话一句也未能说出口，痛苦难耐。

此外，那本散文集还介绍了这样一首诗：

收起你扭曲的微笑

现在

我已经爱上其他女人

不是你

你了解你自己

你当然很了解

　　我注视的不是你

　　也没有走向你

　　就算经过你的身旁

　　我也无动于衷

　　我只想

　　看看那扇窗罢了

　　这首诗的题目是《搓手》，作者是俄罗斯诗人叶赛宁。叶赛宁爱上了火花般的舞蹈家伊莎多拉·邓肯，然后在这段爱情结束时自杀了（我喜欢的俄罗斯诗人为什么都因为女人而自杀呢？马雅可夫斯基如此，普希金则为女人决斗而死。这种时候，女人真可恨）。朴老师引用了自己读过的这首诗，并表示以小说形式表现这首短诗的意境要费更多笔墨。

　　后来我才知道，朴景利老师起初想做一位诗人。我也一样。某天，我明白了诗是天才的所属领域，于是放弃了写诗。任何艺术领域都有天才。不过，有的类型没有天才，我认为那就是小说。因为小说需要自身的努力。时间、体力、痛苦与忍耐，把厚厚的纸张全部填满文字的手指的韧劲，以及屁股的力量。因此，似乎可以不用那么埋怨上天，所以我也选择了小说。

所有作家的生活都会波澜起伏，哪怕他们表面看起来若无其事。在他们的内心里，如果没有海啸与闪电，他们将以什么能量燃烧那些串联长篇大论的夜晚？

朴景利老师也不例外，她在战争中失去了丈夫和儿子。她以儿子的死为素材创作小说，遭到了铺天盖地的指责。起初，她哀号过。

> 我想客观描述儿子的死亡。这种做法更加残忍，相当于再次划破进入解剖室的孩子的尸体。在这种反复的过程中，痛苦越是勒紧我的脖子，我越是挣扎着想要歌唱。过程不是问题。就算我不是人，是个物体，我的心脏千刀万剐、流脓破裂，怎样都好。只要有一位读者感到愤懑与悲伤，一个弱小生命所遭受的痛苦就会得到抚慰……

当我稍微有了一点名气，在人们的视线与批评中痛苦不堪时，她已经走过这一切，并且为我指出了一条隐秘的道路。

这种世俗的成功和我有什么关系？和我的人生有什么关系？这种怀疑与自问自答，荒唐地扰乱了我，加深了我的孤独，使我更加不愿见人。舞台很华丽，我却站在舞台背后吹着凄凉纷杂的风，想摆脱一切、逃离当下。在这种备受冲击的状态下，我没有崩溃，也不能毁灭，因为家人是我的强大支柱。

蔚宁，我偶尔会久久注视着这段话。因为这段话不多不少地准确表达了我的心情。朴景利老师曾是需要照顾父母子女的一家之主，我则要养育你们。我也明白，这种折磨有时是生活或者写作的最大动力。有人说，沉重的负担有时会造就强壮的翅膀。

蔚宁，这个话题太沉重了吗？尽管我总是笑着和你说话，可能心里其实隐藏着这样的愤懑和痛苦，想和你发发牢骚吧！我知道你想写作，也知道你故意不问我，因为我是作家。举行读者见面会时，必不可少的问题也是这个。

怎么说呢？写作、绘画、音乐或者舞蹈，不论什么艺术形式，都是妙手偶得，并非创造出来的。名曲、名画，多数来自某天的灵光一现。科学历经七年完成研究，那是做实验、等待并积累实验结果的研究时间，当然非常伟大。很不幸，艺术与此无关。如果花费七年时间写一篇短篇小说，反而会觉得这种说法很荒唐，所以很可能是生拼硬凑的产物。

然而，为了抓住这种"妙手偶得"的灵感，平时要对文字保持敏感，要懂得许多文章如何构成，观察并洞悉生活怎样展开，把这些数据装进大脑。然后，坐下来，就算朋友不断发信息约你，就算有再精彩的足球比赛，也要果断拒绝。写作需要这种坐下来的心灵勇气与坐得住的韧性。

我经常看到二十几岁的年轻人提着笔记本电脑去寺院写作。说实话，我很为他们感到担忧。因为当今时代的这种复杂生活，二十几岁的年纪很难洞察。在生活相对简单的世界，有的作家在二十岁出头已经发表了不少名作。他们必须这样做，因为大多数作家患上了肺结核而英年早逝。不过，最近的肺结核药物十分先进,人均寿命也增长了。如果二十几岁死亡算英年早逝,这个概率也太低了。

因此,我会奉劝那些朋友,不要那样做。努力学习,找工作赚钱才是正道。因为金钱在我们这个社会太重要了。你不会误以为我拜金,所以我也就不再多说。不过,因为不拜金而认为金钱不重要,轻易拒绝金钱,这种做法与现实相悖。在赚钱的过程中,你会看到富人和穷人,在金钱面前卑躬屈膝的人和理直气壮的人,你还会看到膝下有两个孩子的家长为了金钱而不得不出卖自尊,浅薄的人赚到钱之后如何伤害他人,以及世人如何一窝蜂似的追随金钱、失去自我,变成自己完全不想成为的那种人。

作家。就算是空想,如果缺乏现实因素,我们就完全无法产生心灵共鸣。所以,作家必须了解所有的现实。阅读,然后等待,等待小说、文章来到我们身边。有人或许会问,如此努力地工作赚钱,坚持阅读,可是小说或者文章不来找我,应该怎么办呢?我想如此作答:

"是的,那就继续赚钱,保持阅读。因为这也是幸福生活。"

女儿，谢谢你，有时候你就像是我的妈妈。钱、钱、钱，我是不是说得太多了？所以，今天想多找一些俄罗斯诗人的悲情诗。读完这些诗，游泳一定会很冷。

好了，愿你今天也过得愉快！

和幸福的人做朋友

>>>

蔚宁，放假还要每天去学校，很辛苦吧？最近下雨，湿气很重，你的这个夏天会越发艰难。时隔许久，我在这个炎热的夏季重新找出了那本《热情》[1]。一位朋友看到我把这本书装在包里随身携带，和我发牢骚说："你的热情加上书名，以及这个夏天的热气，看着就热。"不过，这本小说比想象中更加冰冷。大约十年前，我第一次听说这位陌生的匈牙利作家马洛伊·山多尔和这本书的简介，彼时受到的冲击至今依然记忆犹新。

就像所有发现好书的读者那样，我曾向多位好友赠送并介绍这本书，也曾在朋友聚会上数次谈起这本书和这位作家的大名。马洛伊·山多尔终生漂泊在外，未能回到祖国匈牙利。他无法忍受专制体制，所以忍痛离开了祖国。他在《一

---

1 简体中文译本为《烛烬》（译林出版社，2015）。由于本文多次谈及"热情"，故此处保留韩版译名。

个市民的自白》中如此说道：

　　直至可以写作的最后一刻，我会一直宣扬悟性战胜冲动，并证明存在一个时代、一代人，相信精神抵抗力可以克制死亡憧憬。

　　然而，他终究未能回到祖国，一直漂泊在异国他乡，在八十九岁那年开枪结束了自己的生命。我不认为他的这种做法是悟性败给了冲动，未能成功战胜死亡的憧憬。不能因为他最后的死亡方式而断定他终生向死亡屈服。正如他所说，人生必须以整个有生之年来回答，而不是某个瞬间。我认为，他与命运抗争，最终取得了胜利。嗯，你才二十几岁，会理解这句话吗？我是说，战胜命运的唯一方法是接受命运。被卷进巨浪的船想要战胜波涛，唯一的方法不是否定波涛的存在，用木板遮住脸庞，而是乘风破浪继续前行。以这个做比喻，会稍微好理解一点吧？
　　和所有的优秀作品一样，这部小说非常简单。有一对从小亲如兄弟的好朋友，曾经彼此相伴二十四年。后来，他们阔别四十一年，某天夜里再度重逢。四十一年前的某天，主人公发现了好友与妻子之间的不正当关系。此后，好友销声匿迹，妻子自杀。

你还年轻，可能不理解这种事，不过世界名著已经蕴含了这种生与死、爱情与背叛的故事。不论你是否喜欢，这都是我们必须面对的人生本质。

非常奇怪的是，我向你推荐这本书的那天，你走过来对我讲述起朋友的事情。你的这位女性朋友像本书的主人公那样，发现男朋友与自己的闺密有过不正当关系。她读了你无意中介绍的这本书，面色苍白，几乎全身颤抖。坦白地讲，我当时略感震惊（二十岁出头已经遇到这种事了吗？难道我的女儿也未能幸免？我心里非常不安），很想说点什么安慰那位二十几岁就遭遇这种事情的朋友。我说，很抱歉，但是你能不能告诉那位朋友，这可能是一种祝福。当时，我去釜山演讲，你也一起去了那片海岸。我们一起坐在可以看到大海的酒店客厅里，喝着啤酒，说了这些话。（真想去海边喝啤酒！）

你诧异地看着我。我说，年轻时遭受苦难，人生会变得更加丰富。不过,你并不赞同我的说法。

"那种苦难还是没有更好。妈妈也不希望这种事情发生在自己身上吧?"

是的,蔚宁,这是事实。这个世界上哪有愿意承受的苦难呢?但是,你听我说。苦难公平地走向每一个人。不,也许并不公平。因为善人与恶人都会公平地遭遇灾难。不过,盖了三层楼房被台风吹倒与毫无障碍盖了四十层楼房被台风吹倒,两种情况完全不同。第一个人接受三层楼房倒塌的事实,重新开始建造;第二个人从来没有经历过这种灾难。说实话,如果发生了这种事,我们只能想办法解决,屡次尝试,绞尽脑汁。"如果没有那种事该多好啊!"我们很快收起这种想法,振作起来,继续奋斗。

"无论如何,反正事情已经发生了,我要冷静思考。好,现在应该怎么办呢?"

不过,我的朋友们阅读这本书时,都感到很心痛。我和我的朋友们都没有经历过这种事,为什么会对书中的命运、背叛以及友情的没落如此着迷呢?你也知道,我的朋友们都比我过得幸福。但是,他们也非常理解这部作品。因为背叛不仅来自他人，或者某种状况。

"你为什么那么做？究竟是怎么回事？"主人公并没有这样质问自己的朋友。他的说法如下：

无论何时，用整个生命去回答。以前说过什么话，以怎样的原则自我辩解，这些真的重要吗？最终，到了一切的尽头，必然会以整个生命回答世界没完没了抛来的问题。你是谁？你真正想要什么？你在哪里坚守信义，又在哪里背信弃义？你在何处勇敢，又在何处卑怯？世界会向你提出这些问题。每个人都会尽力作答。重要的不是坦诚，而是用一生去回答。

主人公说，他等了这位朋友四十一年，一直想着这位朋友。

从我们相识的那一刻开始，你就恨我。因为我拥有你所没有的东西，所以你恨我。那是什么呢？你总是比其他人懂得更多，你总是无意中成为第一名，你是勤奋的模范生。但是,你的灵魂深处却隐藏着矛盾,以及成为他人的憧憬。对于人类而言,这是最大的考验。渴望一个不同的自己,再也没有比这更加煎熬的憧憬了。

我曾经因为这个段落而痛苦不已。因为我当时不知道渴望自己不是自己的憧憬是一种很大的惩罚。你怎么样?你可以接受并热爱原本的自己吗?原来你也很难回答。不论你是二十岁还是一百岁,这都是人生向你提出的重要问题。

你因为朋友的事情而感到痛苦的时候,记得我和你说过什么吗?

我告诉你和幸福的人做朋友。你当时瞪圆了眼睛,满脸疑惑。我再次庸俗地说道:

"蔚宁,只有幸福的人才能成为你真正的朋友。"

是的,蔚宁。因为我知道,正如马洛伊·山多尔所说的那样,"憧憬自己不是自己,被嫉妒蒙蔽了双眼"的那种朋友,最终会伤害自己和友情。你应该知道,憧憬自己不是自己,便不会为了明天而准备更好的资格考试,也不会下定决心每天努力改正不良习惯。所以,你应当交往那些真心为你的"开心"而感到开心的朋友。

人们常说,在你遭遇不幸时安慰你的朋友是真正的朋友。不过,这似乎更符合将政治与官职视为全部的男性封建世界。当然,这不是说当你感到悲伤或者面临不幸,当你处境艰难,对你不理不睬的朋友才是真正的朋友。不过,人们经常误以为一起哀叹自己的不幸就是安慰他人。真正的友情在于真心为对方的成功感到喜悦。只有"喜欢做自己的幸福之人"、认可自己与自己生活的人,才能做到这一点。

重新回到作品吧。朋友离开四十一年,妻子自杀,主人公暮年已至,他明白了其他回答已经没有什么意义。所以,到了痛苦的生命最后一刻,他如此说道:

> 某天穿破我们的心脏、灵魂与肉体,永无止境地燃烧的热情,就是我们生命的意义。你是否也这样认为呢?如果你有过这种体验,我们就不算白活一场,对吧?

像所有的优秀小说一样,这部作品也没有做出任何结论，而是以整篇小说向读者抛出了一个巨大而美丽的提问。你有热情吗？如果你心怀燃烧的热情，证明你还年轻。不过，如果你毫无痛苦地认可自己的履历以及他人的所有评价，可能你已经老去，或者永远也无法年轻。亲爱的女儿，去挑战吧！和安于现状的自己做斗争！为此，你必须做你自己，不断思考，探索你的思维与言行背后的奥秘，同时保持阅读。就算你觉得自己搭盖的建筑会在某天悄无声息地倒塌，你也不要害怕。人生，远比我们想象的更加漫长。

请转告那位因为悲伤而面色苍白的美丽朋友："就算今生无法实现我们的憧憬，我们深爱的人没有像我们期待的那样爱我们，甚至还会背信弃义"，生活总会在某天安静地告诉我们必须那样的理由。那一天，你走在路上，突然轻轻驻足，啊哈，淡然一笑。所以，不要害怕，崭新明朗的今天开始了。

然后，以整个生命回答所有提问的瞬间就会到来！

希望今天是你的那个"第一天"，也是我去游泳的"第一天"。

好了，愿你今天也过得愉快！

爱情不会伤害任何人

\>\>\>

真的很奇怪吧，蔚宁？同样的一年，其中的某天却很特别，而且独一无二。几天前，我感受到了那一天。你呢？夏天后退一步，让位给秋天的日子；没有风，盛开的樱花依然陆续凋谢的日子；艰难挂在树上的干树叶突然同时松开手，盖满了道路的日子；还有我所说的几天前那样的日子。那天，湿热的空气中吹过一丝干燥凉爽的微风。那样的日子，一年当中其实只有一天，你知道吗？几天前的某个深夜，我站在路上，感受到了这一阵风。恰巧，某处传来了蟋蟀的叫声。

人生中也有这样的日子。吹向心底的风改变了方向。这种日子有好有坏。某天，咖啡杯里突然漂浮出某人的脸庞，那个人正在路上走来走去，看着一声不响的手机，确认是否开了静音。某天，感觉到坚信爱我的人其实根本不在乎我，只是利用我。或者相反，感觉自己这样对待某人，非常厌恶自己。某天，想大喊不要，离别的开始却像一阵风那般吹过两人之间。

某天夜里，你和我一起坐在客厅，开始安静地聊起你曾经非常喜欢，现在不在身边的某人。

"妈妈，爱一个人是什么心情？"

"嗯，爱一个人就是感觉星星更闪亮，月亮更哀怨，世上的所有花朵似乎都是为了我们而开放。"（当然了，爱情开始时的心情可以讲三个小时。）

你回答道：

"妈妈说得没错。我为了去见喜欢的人，叫了朋友，鼓起勇气，去了他所在的乡下。他说会出来。我和朋友在公园等待，心跳加速，感觉星星像铜铃般挂在天空。无数流星闪着强光不断坠落。我对朋友们说，我的心情好奇怪，感觉星星又美又亮。朋友们看看我，又看看天，然后对我说，蔚宁，你清醒一点，这里是空军机场附近。"

是啊，我们什么时候还会再把空军飞机看成星星呢？什么时候会再产生这种美丽的错觉呢？这就是爱情吗？我在书上看到，爱情学者们的研究分为两派，已经争论了很多年。

一种是被蒙蔽双眼,是非难辨;另一种是眼睛反而变得更加明亮,可以发现其他人无法看到的对方的优点。说实话,我至今仍然搞不懂。我只记得未堂徐廷柱写过的诗句:自从爱上阿顺,路上便有无数个阿顺走来走去。

听着你的故事,我想起了自己的二十岁。那年夏天,我遇到了你的爸爸。我告诉朋友们"我想恋爱",其实心里愚蠢地认为"必须恋爱",随身带着诗集。"这些钱可以买几本诗集呢?"当时,我以这个奇特的尺度衡量着世界上的所有价值。当然了,此后很快转换为可以买几杯生啤。以生啤衡量的那段时期,坐公交车听到的流行歌也时常会觉得如诗句一般。当时的我可能以为,"爱情让人痛苦,这句话果然没错!"

蔚宁,我现在不这样想了。爱情并不会让人痛苦,也不会伤害任何人。只不过,混杂在爱情中的其他东西会让我们感到痛苦。如果有人嘴上说着爱你,却让你感到痛苦,那绝对不是真爱。你也知道,我所谓的"爱情容纳伤痛"并不是束手无策地受伤。为了容纳伤痛,你必须比伤痛更加强大。因为强者才能容纳弱者。

只要到了高速公路休息站,我依然会因为那段奇怪的记忆而内心刺痛。我曾经爱过那么一个人,他总是对我很冷漠,在约会时间迟到,经常取消约会,让我茫然地等候。我当时不懂爱情,不看他的行动,一味相信他说的话。"真的吗?如果他爱我,怎么会这样做呢?"偶尔,我也会产生这种怀疑,却也经常责备自己。很抱歉,不过我希望你可以听我讲讲过去的懵懂岁月。

我们一起去旅行时,在高速公路休息站分别去洗手间(女生一般会出来得比较晚),他经常会消失不见。我理所当然地认为他出来得晚,所以站在那里苦苦等候。然而,他早已用完了洗手间,在独自喝着咖啡,或者买了报纸阅读。他还总是对我说,为什么如此没素质,磨磨蹭蹭。

如果最近发生这种事情,我会在心里默默地呐喊:"嗯,到了下个高速交叉口,我要掉头回首尔。"时至今日,回忆起这种微不足道的小事,我依然觉得有一把薄薄的剃须刀划过内心某处。

我常说,我的核心理念是必须交往更多的男人。结婚之前,生孩子之前,和那个人连朋友都不想做之前。可以恋爱，也可以只是约会，或者做朋友。可能因为我当时太愚蠢，没有和更多男人来往，所以才会让那么多人不幸吧。我甚至自诩专情，以此为荣。

蔚宁，如果有人让你痛苦，那么他不爱你。你知道我说的不是他必须去当兵，为了学业而减少见面时间，或者打工赚学费所以不能陪你去看电影之类的。在这个世界上，不管男人还是女人，不懂爱情的人多得出人意料。这是真的，可能我也是其中一员。搞不懂别人是否爱自己，不确定是否喜欢对方的行为，竟敢去爱别人？

不过，如果某人不是故意让你痛苦，你真正感觉到那个人的痛苦也是你的痛苦，就算不在一起也没关系，希望他真正变得幸福，那你必须去爱，张开双臂告白"我爱你"，尽全力善待他。不过，你要记住，我们出现问题永远不是因为爱得热烈，而是爱得急躁。约会三次，就开始幻想和他的十年之后，我也能理解这种心情。不过，那只是心愿。因为两个人彼此凝视，心生好感，强烈地想要了解对方，这种奇迹在人的一生中真的不会一再出现，你必须放慢脚步，谨言慎行。就像对待幼猫那般，必须慎重。就算那是猫，也不能拿一条大鱼喂幼猫，对吗？

只是你不要忘记，那个瞬间也一定要正直。读完我的小说，你总是和我说，分手之后最后悔的事情就是没有告诉对方"我喜欢你""我想你"。很多恋爱参考书主张让男人焦急，男人确实也很容易因为女人的那种策略而感到心急如焚。然后，女人抓住恋爱的主导权，收到很多短信和电话，让朋友们羡慕。有人曾说，这种策略也许会在恋爱中成功，却会在爱情中失败。如果你的目标是善于恋爱，那种书会很有用；如果你的梦想是与某人真心相爱，那似乎不是什么好办法。我曾经说过，真正的自尊心是对自己真诚。神奇的是，完全付出真心的人不会受伤，也不会感到后悔，因为他们已经付出了自己的所有。后悔的人永远不是对方，而是欺骗自己的人。口口声声说着相信，其实心里的疑云不断加重，以后会留下很深的伤痛。这种做法只是浪费宝贵的金钱、时间与感情罢了，而自己的生活得不到任何发展。

不要害怕自己爱得更多。相信就要真心相信，不过要放慢脚步。只是，爱他必须发展为爱你，必须和你心脏的方向保持一致，成为你做事情的润滑剂。如果爱他妨碍爱你，危害你的进步,阻碍你的事业,那不是爱,而是代表着你想成为他的奴隶。

我认识的一位朋友,永远打扮得很性感,魅力十足。在她决定与一个执着追求她很久的男人交往之后,便开始了改变。按照那个男人的要求,她开始穿一些朴素的衣服,拉直了自己的鬈发。爱情的力量真的很伟大吧?不过,那伟大的爱情并未持续多久,那位朋友就惨遭败北。对于那个男人而言,那位朋友已经不是之前追求的那个人了。根据难以确认的传闻,那个男人又开始追求另一个以穿低胸装和超短裙而闻名的女人。

我偶尔会读文太俊的诗集。在你谈起喜欢过的人的那天,我也读了他的诗集。

> 黄昏时分
> 牵着牛过山洞
> 真的很难
> 即便是双眼冒火的牲畜
> 面对黑暗也会犹豫

我用一根木棍画着洞壁

走过山洞

这个漆黑的山洞

有时像一口大缸

我在入口处撞到头

大声呼喊

声音撞到洞壁

诞下另一个声音

有时

那仿佛不是我的声音

这让我很受伤

在这个只有一步宽的山洞里

扑通一声掉进水沟

受伤的膝盖

像我小时候的牛

路不会为做好爱的准备的人让路

只有宽恕并照料被诱惑的心灵

才能完全通过这个山洞

只有这样

这漫长的黑暗才不黑暗

　　爱情不会给没有做好准备的人让路。今天，我也只是希望你可以为爱情做好准备。更加充实你自己，给自己努力的时间，多阅读、多写作、多思考，对问路的陌生人亲切相待。如果妈妈看到你真心爱一个人，会是怎样的心情呢？不会只有喜悦。或许会担心你受伤，或许会觉得失去了你的一部分，被人横刀夺爱。

　　蔚宁，好诗，好的文学作品，不，好的艺术会让我们短暂驻足，失神，茫然若失。这个瞬间就像敲响巨锣，让我们完全感受到自己的存在。你原本比我的手臂还弱小，逐渐长得比我还高，这个过程就像慢慢敲响的巨锣，我也会在那一瞬间回顾和你共度的人生。引发这种回顾的事情多么伟大！或许，你恋爱时，我也会听到这种锣声吧？你恋爱的时候……

蔚宁，白天酷热，早晚却伴着草虫的叫声刮起了风。"朋友啊，秋天又来了"，我想起了金明仁的诗句。曾几何时，我也是一个读到这种诗句就会盈满泪水的少女……有一首诗，我想再次读给你听。

文太俊的《有一天，我在这里，宛若秋天的江河》。

> 吸收经过我的身体
>
> 或者已经经过的光芒
>
> 我像江河一般
>
> 悲伤地站在这里
>
> 像那总是心痛的江河
>
> 没有激烈 只有冷淡
>
> 日暮 日暮
>
> 我会站在这里迎着日暮
>
> 像皱纹轻轻郁结
>
> 面色慢慢变得庸俗

蔚宁，大概是去年夏天吧，我们在某天夜里喝着啤酒，比赛背诵申庚林诗人的《牧溪集市》。"初四到初九售卖朴家粉[1],秋日阳光也成为哀怨的货郎",我们以这句诗为中心一直聊到深夜,你记得吗?拥有一个可以谈论诗作的女儿,我当时真的感到非常幸福。

蔚宁,江原道乡下的夜空升起了你说过的铜铃般的星星。可能我也恋爱了吧,因为我也觉得星星大如铜铃。妈妈想念你们。现在,你们都有各自的生活,不再跟着我来这里。星星上映出你们的脸庞。对了,这里的飞机也像星星一样闪烁。

> 秋天 地面如此清晰
> 我爱你 已是过往
> 我独自坐在椅子上
> 看着山下后院枯叶凋零[2]

蔚宁,乡下的房子非常安静,我却在落日时分出现了幻

---

1 朴家粉:韩国最早的化妆品。
2 本段为文太俊的诗作《地面》节选。

听，某处似乎传来了悠长的锣声。过去的爱情，有喜有悲。不过，爱情的回忆让我感到温暖。我后悔的不是爱情，而是欲望、固执、嫉妒以及厌恶等。现在，我的每一天就这样接近日暮。这并不像你们年轻人想象的那么糟糕。有时，我会在孤单中回忆过往，原谅、安抚、宽慰那个经不起诱惑，受伤的自己。我不在的日子，你们要记得锁好门。让我们带着思念，再次相见。乡下没有游泳馆，唉！

好了，愿你今天也过得愉快！

必要声明

>>>

"必要声明"包括以下内容：妈妈必须在我需要的时候给予情绪上的安慰；爸爸必须关注我从事的体育运动，观看我参加的比赛；儿子必须对我心存感激，不论我为他买了什么；女儿必须愿意让我深度干预她的结婚计划；儿媳妇必须像陪伴娘家人那样陪伴我们过节假日；上司必须了解我认真工作，努力让我升职；哥哥必须抽出更多时间陪伴年老的父母；妹妹必须在我生日那天给我打电话；邻居必须把动物关在自己家的笼子里，应该理解我的抗议。

蔚宁！现在真的是秋天了。本来对夏天有点厌倦，等到真的刮起冷风，不知道为什么，心情有点奇怪。难道我对夏天依然有话想说？嗯，这种感觉就像本以为就算有点厌烦也会一直留在我身边的朋友，竟然真的毫无留恋地转身离去。

"必要声明"这个有趣的表达来自我不久前读过的一本书——《我如何原谅你》(*How Can I Forgive You*)。去旅行时，我经常会在长途汽车站、火车站或者机场买几本书。我会根据旅行的天数事先准备几本书，却依然感到焦虑，又去逛书店。在那里选书，与事先准备好要看的书，感觉略有不同，像是经历了一场意外的邂逅，因为我会买一些平时很少拿起的书。这本书也不例外。去往旅行地点之前，我在长途汽车站偶然拿起了它。或许是因为没有什么期待，在整个旅途中，书里的段落让我久久难以忘怀。

上述段落的后续如下：

> 大多数"必要声明"的要求已经超出了人们的能力范围，所以会令人失望。有人未能满足自己的严格要求时，他们非但不反思自己的期待偏差，还会感觉受到了伤害，自以为是地指责对方。

我之所以冗长地罗列这些段落，是因为想谈谈我们不久前吵架的事情。当时，你指责某人"说话的时候没个老师该有的样子",我立刻反驳说:"你也没个学生该有的样子,不好好学习。"你生气地对我说:"妈妈也没有妈妈该有的样子,不鼓励女儿。"

我想,符合某人"该有的样子"与自由摆脱其束缚的界限,就像操纵活人般艰难,而且不断地变化。也就是说,这个标准不是某种固定筛,而是由几百万种情况、情绪与思考的深度来决定的。

这本书以另一种方式为我们敲响了警钟。

为了修正这种情况,你必须明白这些准确而言是你的规则。这些规则体现了你的道德性、欲望与价值观。其他人没有必要与你保持同步。认为别人必须改变自己的方式时,你一定会品尝到挫折与痛苦。

我曾经读过一本有关佛家修行的书。整个夏季休假,上班族们聚集在禅寺修行。师父挨个叫他们站起来,如此问道:"你怎么样?"参与者答道:

"嗯……我很不幸。"

"你为什么不幸？"

"我的妻子出轨了。"

蔚宁，这只是一个例子。对话就这样开始了。如果妻子出轨了，丈夫当然很不幸。然而，师父继续问道：

"你为什么不幸？"

参加者们或许会比阅读这段文字的我更加慌张吧。当事人流下冷汗，吞吞吐吐地回答道：

"嗯……因为遭到了背叛。"

"遭到背叛就是不幸吗？"

读到这里，我觉得师父有点过分。不料，师父继续追问道：

"遭到背叛就是不幸吗？为什么呢？"

提问依然在继续。为什么？为什么？为什么？如果换作我们，也许会回答"你一定很痛苦"。然而，师父没有"认可与接受"这类的心理学基本要素，只是提问：那是什么？为什么？结果，参加者们（大多是中年大叔或者大婶）大哭起来。我也深受冲击，减慢了翻书节奏。我也曾经接受过这种智者的提问：

"因为你爱他，所以他必须爱你，为什么呢？你为他献身，待他很好，所以他必须了解你的付出，必须报答你，为什么呢？"

这让我痛苦而恼怒。无法接受的提问就像手术刀划过，流出了郁火与愤懑的脓液。在人际关系方面感到痛苦时，我就会想起这个提问。真的很奇怪吧？这个残忍的提问竟然会带来如此大的安慰。

蔚宁，人们偶尔会说："有生之年受伤的人何止一两个呢？"我非常讨厌这种说辞。有人患了癌症，濒临死亡，并不意味着你可以忽视自己的咽炎。人生不是痛苦竞赛。我的痛苦、你的痛苦、所有的痛苦都必须得到尊重。我想借这本书，把这些话说给你听。

如果你回忆起不快的往事，反复纠结于毫无益处的陈旧想法，你要努力转移注意力。像对待朋友那样，以温柔和热情的嗓音对自己说："到此为止！抓住我的手，离开这里。难道没有更有趣的事情了吗？"

不要因为痛苦和苦恼而浪费过多的时间。然后，暂时去做别的事情。比如，你可以和我一起去游泳。嗯，如果今天你去，那么我也去。

好了，今天带给你的只有今天，所以，愿你今天也过得愉快！

我们的生命中,真正需要的是什么?

>>>

蔚宁，1997年9月5日，夏季炎热尚未离去的那天早晨，报纸报道了地球上最有名的两个女人的同时离世。一个是英国王妃戴安娜，另一个是生活在印度加尔各答的体重不足五十公斤的矮个子修女。她们为什么偏偏在同一天去世呢？[1]或许只有上帝才知道其中缘由。不过，我记得自己一整天都在思考那两个女人的生活。

你年纪尚小，可能并不了解，戴安娜王妃比我还大一岁呢。和英国的查尔斯王子离婚之后，依然拥有"公主"的称号，她是一位真正的公主。她出身于贵族家庭，接受贵族教育，嫁给了查尔斯王子。他们的婚礼曾经全球直播，我也在电视上观看了这位只比我大一岁的女人的婚礼。我至今依然记得那件挂满珍珠的象牙色婚纱。当时，我二十岁，相信

---

[1] 据资料显示，戴安娜王妃与特蕾莎修女的逝世时间分别为1997年的8月31日与9月5日，此处可能是作者误记，下同。

自己也会穿着漂亮的婚纱嫁人,哪怕无法和戴安娜那件相媲美。我还祈祷能有一位查尔斯那般的白马王子出现在自己的面前。校园那么大,男学生多的是,却从来没人约我。就算偶尔有那么一个人出现,我也不想对别人炫耀自己被那种人追求。(二十年之后再见面,才发现有几个还挺帅。不过,我决定不后悔。为什么呢?因为后悔会让我心痛。)

戴安娜生下了两个英俊的男孩。我也结婚生子,对生活变得谦逊,却开始听说她那些非同寻常的故事。两次自杀未遂,还患上了抑郁症,又因为进食障碍而接受贪食症治疗。"美丽高挑、名利双收的女人为什么要做那种事呢?"现在,我不会这么问了。"就算再不幸,只要有钱就好。"这样的话也不能乱说。

那天,在世界上最美丽的都市之一巴黎,她和恋人出车祸双亡。在地球另一端的某个角落,世界上非常贫困、肮脏的都市之一的加尔各答,一位老修女也去世了。她的脸皮皱巴得像干苹果一般,却从未想过打一针肉毒杆菌。这位满脸皱纹的修女就是特蕾莎。她曾经以温暖和神圣照亮了对混沌、冷漠、掠夺习以为常的20世纪。她让我们明白,除了中世纪的书本,我们每天打开的电视机里也存在这样的女人。

我曾经读过几本有关特蕾莎修女的书,还看过一部电影。在这部优秀的影片中,年迈的奥丽维娅·赫西(Olivia Hussey)扮演特蕾莎修女。在我十六岁那年(哇,我也曾经有过十六岁的年华),她曾与莱昂纳德·怀廷(Leonard Whiting)一起出演《罗密欧与朱丽叶》,让我既嫉妒又憧憬。弯腰走在印度街头的两位美丽女人(奥丽维娅·赫西与特蕾莎本人)让我格外感动,原来美丽是如此多姿多彩!这一次,我选择了《朴实的奇迹》(*Blessed Mother Teresa: Her Journey to Your Heart*)这本书。得知出版社推出了这样的题材,所以想看看有什么不同。

你也知道,特蕾莎成为修女之前,在高中做老师。有一天,她在路途中听到耶稣说"口渴",于是下定决心为贫民做事。除了教学,她还去医院做义工。某天,一个男人抱着什么东西来到医院。

一个枯枝般的东西露在外面。仔细一看,才发现是一个垂死少年的细腿。男人可能认为修女们不会接受,开口便说:"如果你们不要这个孩子,我就把他丢在草丛里,豺狼肯定会很喜欢吧。"特蕾莎修女心生怜悯,接过那个失明的可怜孩子,用围裙包住他,心里充满了意外的喜悦。

蔚宁,这就是轰动整个世纪的现代修女的平凡初心。无论是基督教徒还是印度教徒,自由主义者还是其他主义者,都要确认自己是一个人。修女的初心源于这种微不足道的喜悦。特蕾莎抱起这个孩子之后,明白了人们真正需要的不是面包,而是被爱的感觉。就算得了绝症,如果感觉被爱、被尊重,他们就会拥有做人的尊严,幸福地闭上双眼。

因此,她的救助对象是那些因为在垃圾堆里翻找食物残渣,而与街边的野狗争斗的、像牲口一样露宿街头奄奄一息的人;还有像肮脏的衣服堆一样,蜷缩在路边忍受着蚂蚁、蛆虫、老鼠啃噬的垂死之人。

然而,特蕾莎起初并未像我们想象的那样因为自己的善行而得到赞扬与支持(我认为这是生活中最艰难的阶段,也是你今后必须努力克服的难关)。意外的是,特蕾莎决定在加尔各答为终生穷苦的人们献身，最先遭到的竟是必须为贫苦之人做事的天主教内部的反对。为什么呢？不论什么事情，反对的理由总是越找越多，各式各样。当时，人们反对特蕾莎的原因是认为欧洲女人在印度贫民窟工作太危险了。

我偶尔会想，所有的伟大人物，即优秀之人，至少在自己生活的时代站在了进步的一边。你想啊，站在守护固有事物的保守派一边，强化既有权力，对人类发展有什么帮助吗？所以，历史不会记住他们。总之，特蕾莎修女吃尽苦头，在反对声中承受着内心的煎熬。有趣的是，此时还出现了一些终生伙伴。所以，终于有四位修女忍受着上级的脸色（像做错什么事一般），开始着手做事。

当时，特蕾莎脱下穿了二十年的修女长袍，换上了蓝色条纹的纱丽——就是我们最近提到特蕾莎就会想起的那件蓝色修女长袍。据说在加尔各答，这是清洁女工穿的衣服。而且，她们不是像我们国家这样在高楼大厦里工作的衣着整洁的清洁女工，而是每天穿梭于加尔各答每家每户收集大小便的底层女人。在特蕾莎创立的修女会里，就连这样的衣服也没有几件。她们终生所有的物品只有四件：念珠、十字架、盘子和三套纱丽（两套是日常着装，一套用于重要活动）。她们当然没有电话和电风扇。不过，那些修女照料着被母亲抛弃的婴儿，如此说道：

> 我们一无所有，却可以看孩子，这难道不是一种奇迹吗？

修女们遵从患者的心愿，为他们送终。为印度教徒的嘴唇涂抹恒河水，对伊斯兰教徒则是伊斯兰教的方式。那些半个身子已被老鼠和蛆虫啃噬的街头露宿者们面带微笑地说：

> 我一辈子像牲口似的露宿街头。现在。我像天使一样奔向永远的故乡。

为了整理思绪，有时需要合上书页，暂停阅读，这是书籍的独特优点。读到这句话的时候就是如此。这是一种奇迹。我想象着那些抱着惨遭抛弃的孩子而感到喜悦的修女，以及那些这辈子第一次受到为人的待遇而感到喜悦的濒死之人，我不禁怀疑天使是否真的需要那双洁白易脏的翅膀。尽管你曾经固执地认为，天使必须有翅膀。

这种奇迹会诞下另一个奇迹。某个黄昏，修女们听到了敲门声。

出去一看，一个衣衫褴褛的麻风病人冻得瑟瑟发抖。特蕾莎修女立刻为他准备了食物和毯子。然而，那位贫苦的麻风病人真诚地说道：

"修女，我今天来到这里不是为了索取什么。我听说您在什么地方得了大奖，所以我决定把自己乞讨来的钱献给您。请接受我这份微不足道的礼物。"

这位衣衫褴褛的麻风病人让我忍不住流下了热泪。真的会有人这样做吗？这个故事是真的吗？是的，我们知道，确实会发生这种事。不论何时，人都可以根据自己的意志，展现出不同的面貌。

蔚宁，你有时也会在晚上感到心痛，认为世界仿佛是一片虚无吗？感觉自己似乎被所有人抛弃，连爱情也变得不可信了吧？此时，或许你需要一丝温暖的安慰。不过，在那样的日子，你不妨去安慰一下那些失去母亲的孤儿，为街头露宿者提供一餐饭食。或者，经过地下通道时，把你身上的钱分一半给那些又冷又饿的乞丐。如果他们拿去买酒、上交给乞丐头，甚至去买毒品呢？是啊，我年轻时候也担心过这个问题。但是，在欧洲旅行期间，欧洲朋友们的说法让我十分震撼。面对我的这个愚蠢提问，他们的回答十分简单：

"给他钱是我的事，接下来是他的事，仅此而已。"

从此之后，我的心境也开始发生变化。如果觉得世界垂暮，内心孤单，只要按照我说的去做，就会看到奇迹出现。我愿意以此打赌，如果你的心境没有发生这样的变化，我支付一万韩元（读过这本书的任何人都可以！嗯，不行，还是仅限前十名吧）。

蔚宁，需要关爱的只有濒临死亡的印度人吗？不久前，美国某著名女歌手第二次婚姻失败，尝试自杀并被关进了精神病院。你觉得她怎么样呢？那些吸毒成瘾的富二代呢？渴望和爸爸共同为你们组建一个完整家庭的妈妈呢？偶尔内心伤感的你呢？

你记得前几天的那个电视节目吗？我们一起观看了那个没有食管的二十多岁的少女的手术过程。父母把粥放入她的胃部穿孔，以此延续她的生命。他们一家住在乡下的集装箱里，十分贫穷，根本没有想过接受治疗或者做手术。最让我感动的是她的父亲。他没有受过什么教育，出身贫寒，认为只有卑躬屈膝才能找到更多的工作。在电视台的帮助下，女儿接受了手术。他一直陪伴在女儿身旁，脸上展现出我们在某些杰出之人身上也很难寻到的高贵。真的非常令人震惊。那种高贵，意外地来自他对女儿充满爱意的注视。我第一次意识到，爱可以让人变得如此高贵。爱是一种神秘的存在，可以让人活得高贵，死得高贵。

　　我再次想到了在那场不幸的车祸中丧生的戴安娜。她真正需要的是挂满珍珠的婚纱、公主称号和英国王子丈夫吗？我们的人生中真正需要的又是什么呢？

　　蔚宁，我想把《朴实的奇迹》这本书送给你。这些奇迹会让我们觉得人生值得。不过，我今天去游泳的奇迹会发生吗？

　　总之，希望你今天也过得愉快！

内心的无尽孤独,犹如久远的钟声

>>>

蔚宁，秋意渐浓。昨天，台风通过了大韩海峡。台风是热带气旋强制抵达温带地区的自然方式。我以前曾经认真地考虑过，即将爆炸的热带气旋来到温带地区，几乎会变成一种暴力。我还担心，内心的压力、微小的愤怒、失望与伤痛，或许还有火热的爱情，如果不懂如何一点点地处理，就会成为心中的热带气旋，转变为面向他人的暴力。

这个周末，我去了一趟南海锦山。小时候，我很喜欢东海辽阔的气派。我还曾多次早晨乘坐大巴去往江陵，一整天望着大海，晚上再回到首尔。再过了些时日，我又喜欢上了西海的晚霞与朦胧的海色，便经常漫无目的地开车去西海看晚霞。不过，我最近也有点想念南海。圆形的小岛星星点点，像是小船漂荡的湖面。现在，我喜欢的不再是孤零零的大海，而是喜欢拥抱有船只与小岛的大海。

真的很奇怪吧？我开车去南海，却看到了锦山。回来之后，我找出了李晟馥的诗集《南海锦山》。我和他素未谋面，却仰慕了他二十年。当然啦，我说的是他的诗作。不过，诗作也是来自人。如果见到他，就算并不是我想象的那样，也不会影响我继续尊敬他。莫非是秋意使然？我总是像少女一样不断想起"孤独"这个词语。这首诗刚好叩响了我的心扉。

    内心无尽的孤独
    难以触及
    颤抖着迟疑后退的山色

    如果雾气弥漫
    谁也无法阻止他的远行

    内心无尽的孤独
    宛如久远的钟声
    返回来粉碎了钟楼
    谁也劝不了他

谁也拴不住他

诗给人的安慰会如此之大,我有时觉得非常神奇。诗,或许不会带来金钱,也不会提高学习成绩,就算全世界的诗都消失,也不会有什么改变。我们这样理解的瞬间,诗就像是秋天的蟋蟀,独自隐匿着鸣叫,十分渺小,却能触碰着我们最柔软的部分。

我在简陋小店吃过晚饭

迎接姗姗来迟的轻松黄昏

街边刮起陌生的风,路面很滑

心爱的人啊,我居无定所

直到你在对面的小巷

突然认出了我

我居无定所

直到你突然认出我

鸟鸣散落在四面八方

草地扭动着身躯，逐渐暗淡

　　高大的棉白杨 枝叶舞动

　　那是我呼唤你的声音

　　我也在支起四张陈旧餐桌的餐馆吃过晚饭。离开了黄昏时分的南海，听到台风到来的消息，所有的船只聚集在港口，像是回家吃晚饭的孩子。它们或许会肩并着肩，对抗这股强劲的台风。你的秋天过得怎么样呢？我很忙碌，也许你会更加孤单吧。

　　我切实地体会到，比起强劲的台风，接受这个事实更加痛苦。每个人都会感到孤单，接受这个事实同样更加痛苦。

　　有时候，我们必须学会顺从，懂得在更强大的事物面前屈服。比起你的痛苦，首先应该接受这个事实本身，然后竭尽全力与自己和解。

　　这样的诗，你想听吗？诗人李晟馥的代表作《南海锦山》。

　　　　一个女人掩埋在石头里

我爱她,我也钻进了石头

那年夏天,雨下得很大

那个女人哭着离开了石头

太阳和月亮拖曳着那个离开的女人

我独自留在南海锦山蔚蓝的天边

我独自囚禁在南海锦山蔚蓝的海水里

我回到了阴沉的首尔。我必须返回,我接受了这个事实。蔚宁,天气十分阴沉。但愿阴天也是一个好日子。回到首尔,我发现游泳馆九点已经关门了,我也接受了这个事实。

好了,愿你今天也过得愉快!

快乐与幸福,二选其一

>>>

蔚宁，你应该偶尔也会想撒个娇吧？抱怨自己太累，而且不是一般的累，简直累得要命。最近，我过得很幸福。因为早晨起床之后，总有十几个人发邮件或者打电话，与我进行各种形式的接触，希望与我见面。不过，说实话，我最近极其疲倦，痛苦不堪。有时，我会茫然地看着从杂志上剪下的海边僻静住所或者深山无名寺院的图片，我想去那里住一个月，谁也不见，谁也不联系……

偶然拿起这本《活着，为了什么》，读到"人的不幸源于永不停息"这句话时，我深受震撼。本书的作者是一位九十五岁的修女，潜心修道七十二年，去过土耳其、突尼斯、埃及等地，在贫民窟与拾荒者共同生活二十三年，这一切都让我非常震惊。如此忙碌的修女居然说"人的不幸源于永不停息"，而且以"活着，为了什么"为题，这让我更加意外。

本书开头首先回忆了作者十五岁的某一天。她出生于布鲁塞尔的富人家庭，如此自我介绍道："脸上冒着粉刺，头发乱糟糟的，嘴唇执拗地噘着，满腹牢骚。什么也不喜欢，认为所有事物都一无是处。"

学习有什么用呢？还说什么必须一直努力。世间存在有什么用吗？人们连自己即将去向哪里，为什么活着都不知道。终点可能是死路一条，活着索然无味，甚至愚蠢至极。猫咪没有任何问题，吃喝拉撒，靠在母猫身上吸奶就行。生活真美好！也不用上课！

如前所述，我无法忍受压制和强迫。1968年5月宣言中的那句"禁止所有禁止行为"的名言，我强烈支持。所谓道德，就是阻止奔向美好，禁止感受喜悦。简而言之，就是压制一切享乐的枷锁。因为最具诱惑力的事物会被禁止。不论遭到禁止的是什么，我都会难以自控地以满腔热情执着地追求。一切道德枯燥乏味，仅此而已。如果模范少女们说"不可以这样"，我会立刻如此反击:"那我偏要这样。"我还会傲慢地补充一句,"以后也会这样。"

哇,很痛快吧?活了近一百年的老修女,在少女时代居然也如此激情四溢。不,应该说正是因为拥有这种热情,勇于自我拒绝,修女生涯才会如此充实。主张"不可以这样"的模范生们,可能早已死去或者奄奄一息地坐在养老院的轮椅上了吧。他们也许终生都在思考着"如果这样做,别人会如何看待",搞不清自我与他者,然后对着子女和比自己稍微年轻一些的老年人唠叨个没完。

某天,这个放肆叛逆的少女以马内利遇到了帕斯卡尔的《思想录》。下面这几句话,让她深受冲击。

人只不过是一根芦苇,是自然界最脆弱的存在。

人只不过是一根芦苇,是自然界最脆弱的存在,但他是一根会思考的芦苇。

她再次看向自己羡慕不已的猫。帕斯卡尔继续写道:

用不着整个宇宙拿起武器才能毁灭这根芦苇。一团水蒸气、一滴水，足以置之死地。然而，即使宇宙毁灭了他，人仍然比毁灭他的存在更加高贵。因为人知道自己会死去，也知道宇宙比自己强大。宇宙，却对此一无所知。

修女错失索邦大学的入学机会，销毁自己的书本，进入贫民窟。某天，她顿悟了：死后站在神灵面前，不会问她是否毕业于索邦大学。

此后，以马内利修女迷上了帕斯卡尔。帕斯卡尔描述那个时代国王们享受幸福的段落非常有趣，你想听吗？

国王身份是感到幸福的最重要理由，因为人们竭尽全力创造各种快乐，让国王转换心情。

国王身边围绕着众多这样的人，一心想让国王转换心情，不去考虑自己的事情。假如国王想到自己的事情，同样会变得不幸。

修女迷上帕斯卡尔之后，认识到了人的尊严，所以去往修女院潜心修行。像所有单纯热情的年轻人那样，像所有渴望打破自身局限的年轻人那样，以马内利也开始效仿释迦牟尼，抵抗"肉体的诱惑"。少吃少睡，进行极限训练。某天，她听到了神父的忠告：

> 修女，你要学会享受玩笑，面带微笑。不要严肃过度，像把一切交给父亲的孩子那样，单纯地祈祷。倘若失去了你最宝贵的能力之一——食欲，你还能有什么期待呢？

我笑了出来："早知道会是这样。"我很想和这位神父见一面。如果有人告诉我难以忍受的食欲是"最宝贵的能力之一"，那我可能真的会减肥成功。

总之，以马内利修女被帕斯卡尔说中了。"人既不是天使，也不是禽兽。很不幸，想表现为天使的人，却做着禽兽的事。"

不过，如果没有这些美丽的犹豫不定，她是否还能辗转于土耳其、突尼斯、埃及，为驱逐"贫困"的丑陋现实而奋斗终生呢？六十二岁那年，她完全可以选择隐退，在祖国的修女院安静读书。然而，她定居在开罗的贫民窟，继续和拾荒者们共同生活了二十三年。写这本书时，她九十五岁。啊，如此清澈的灵魂来自哪里呢？

我想，下定决心"必须去做别人认为不能做的事情"的可爱雀斑少女的热情。少吃少睡、进行极限训练的二十多岁年轻女孩的纯真，这些其实就是她灵魂的根本。老修女教给我们生活的不易，简单而俗套。

怀疑和欢乐在我心里埋下空虚。可以确定的是，每当我的生活寻找奉献和分享的意义，空虚的缝隙已经变得越来越窄。

快乐与幸福，必须二选其一；泡沫与永恒，必须二选其一；贪欲与友情，必须二选其一。我们必须在每个瞬间重新选择心中挚爱。哪怕这份爱微不足道，只要品尝到解放的感觉，这条路就不算艰难。

蔚宁，在另一本书中，有人说，不管是吸毒的患者，还是嫖娼的年轻人，其实他们追求的也是我们基因里蕴含的真爱与幸福，只不过用错了方法。那些寻欢作乐的人，误以为快乐就是幸福。

我在人生中最艰难的日子里，偶然去找了迫切需要我帮助的人们，由此顺利地度过那段时期。你应该知道这些吧？现在，我不再害怕即将面对的历练，因为体验到了其中的秘诀，以及奉献与爱所带来的救赎。如果你的人生面临困境，或者被一些束手无策的悲伤所压制，去帮助那些需要一碗饭、一口水、一滴眼泪的人吧！为他们付出之后，我保证你会有所收获，得到你需要的所有安慰与新希望。

蔚宁，你即将决定自己的前途。就算不是最好的，也没有关系；就算你没有任何职业，也没有关系。你应该明白，这都是我的真心话。不过，我有一个要求，永远选择爱。快乐与幸福，必须选择幸福；贪欲与友情，必须选择友情；虚荣与真心，必须选择真心。如果你想反抗，必须付出足够的热情。以马内利修女如此为本书收尾：

与永恒相比，这些杂物又算得了什么呢？与我们存在的真正价值相比，我们的所有不幸根本不值一提。

是的，我决定今天一整天盲目相信这位年近百岁的老修女的话，而且下单了那本《思想录》。就算不是秋季，世界依然无限美好。蔚宁，你说呢？无论如何，我今天都要去游泳。

愿你今天也过得愉快！

生活知足常乐

蔚宁，又是一年秋来到。气温依然很高，还不能穿长袖，不过阳光透明，秋高气爽。昨天，我趁周末回了一趟乡下的家，远山的树叶已经泛黄。湖水深处的浮游生物已经奄奄一息，水色也越来越深。我去院子里拔草，发现小草花结出了米粒大小的草籽。为了战胜严冬，它们自身做出了这种微小的改变吗？我折了狗尾草和九节草插到花瓶里，家里也充满了秋日的气息。是啊，秋天来了。

我原本并不喜欢文字稀少、以插图或者照片为主的书籍。偶尔去美发店烫发，如果服务员询问是否看杂志，我就会如此回答："好啊，随便给我一本吧。不过，文字要多点。"现在，只要到了常去的那家美发店，不等我开口，服务员就会告诉我"这本杂志的文字多"。为什么这样呢？因为我不喜欢插图和照片吗？不，我不喜欢可读内容的减少。（嗯，这个回答过于简单了吗？）

不过，我这次买了很多照片和插图多于文字的书，而且带在身上。我把其中两本放在床头，在失眠的夜晚喝着一杯甜甜的柠檬汽水，开始阅读。它们是《塔莎的花园》和《塔莎的世界》。

塔莎·杜朵今年九十一岁，称其为"死亡近在眼前的老奶奶"也不算夸张。她是美国最受喜爱的童话作家兼插画家，在佛蒙特州（你知道那里吗？说实话，我也不知道。那里是乡下，我只能这样描述）附近盖了房子，在足有三十万坪的土地上打造了一座美丽的花园，养了两条柯基犬和一只猫（柯基犬很漂亮，但那只棕色猫咪更加独具魅力。它胖得几乎要爆炸，看起来古灵精怪，却整天窝在温暖柔软的地方打瞌睡）。坐在手工织布机前自己做衣服，自己养羊、挤奶、做奶酪。这是一位十分传统的老奶奶。她喜欢19世纪的风格，所以穿着古董衣服，在旧式柴火炉里烤面包。她的头上戴着花纹头巾，穿着拖曳到脚踝的长袍，围着白围裙。这位老奶奶的生活方式让我失眠多日。

父母离婚了，年幼的塔莎只能寄居在他人的家里。独特之处在于，她产生了一个梦想：等到可以独立生活的年纪，去乡下盖房子、养羊、种花。她是一位有名的画家。她经常说，绘画只是为了来年可以购买即将盛开的水仙花球茎，以及维持生计。

"这个人完全沉浸于自己的创意。"看过我的画作的人都会这么说。太胡扯了！我是商业画家，不停地出书是为了生存，为了避免野狼来我家晃悠，然后买足够的球茎！

你应该猜得到吧？我读着这段话，轻声笑了出来。我很讨厌那些故作姿态的人，仿佛创作有别于其他工作的基本痛苦，伴随着一种根本而独特的痛苦。写作也似乎是上天的惩罚，与吃饭毫无关系。老奶奶的这种直抒胸臆，听起来真畅快！

我和塔莎奶奶还有一个共同点，那就是认为忧愁的人生十分遗憾。面对来访者，她泰然自若地说道：

"我们的期待完全取决于自己的内心。我认为，幸福取决于我们的想法。"

她的花园比童话世界更加迷人。除了冬季，随时鲜花盛开，山羊食草，两眼清澈的白鹅踱来踱去。由于长期劳作，塔莎老奶奶的双手变得粗糙，但是她照料其他生命的步履却从未停息。某年冬天，她担心树木在严冬中死去，便拿来旧毯子包裹。她还曾把莲花从干涸的莲花池转移到自己的浴缸，直到降雨。读着这些段落，我再次失望地看着自己的庭院。我终于明白了自己的乡下庭院为什么如此不堪。不过，塔莎老奶奶似乎并不觉得这有什么了不起。

我不清理积雪。那种做法只是在浪费时间。走在雪地上，便有了路。下雪天，不穿长靴就去草棚挤山羊奶，结束之后立即回到家里，抱起柯基犬放在双膝，喝一口暖茶，多么惬意！近来，人们都活得过于繁忙。我们本可以喝着甘菊茶，黄昏时坐在玄关，聆听着斑鸠的动人歌唱，尽情享受人生。

蔚宁，她离开了自己的儿女，也没有什么令人羡慕的学历，更不是为苏富比拍卖行作画的那种画家。她只不过是一位给小童话书画插图的憔悴老奶奶。然而，她却这样说：

> 我享受孤独。或许这是一种自私，那又如何呢？正如王尔德所言，人生如此重要，没必要过多在意。儿女离家，寻找更广阔的世界，母亲的沮丧令人心酸。感到失落时，不妨看一下是否有什么快乐的事情。人生短暂，无法体验全部有意义的事情。因此，独处也是一种珍贵的特权。世界已被污染，可怕的事情接连不断，却依然非常美丽。假设每年只有一次星空月夜，我们会想到什么呢？世界多么美好！

趁此机会，我还买了《塔莎的餐桌》（*The Tasha Tudor Cookbook*）与《塔莎的圣诞节》（*Forever Christmas*）。这两本书中提到了她的儿孙们。塔莎奶奶已经九十多岁，儿孙们帮助她做一些难以身体力行的农活。读着这些书，我竟然想到"塔莎的儿孙们毕业于哪所大学"。美国上流社会的教育热潮同样几近疯狂。只要父母稍微赚了名利，就会竭尽全力让儿女跻身那个阶层。任何人都会有这种欲望吧。然而，他们一直住在那里，佛蒙特州的深林中。塔莎奶奶和她的儿孙们看起来非常幸福。

我想缠着塔莎奶奶继续多讲些故事。直到花草凋零、冬雪尚未抵达的十一月，也就是No（不）字开头的November（十一月），老奶奶终于停下匆匆步履，拿起布料，在头发里划着缝衣针，似乎在对我说：

> 生活知足常乐。除了生活在这里的狗、山羊、鸟儿，我别无他求。我认为自己过得很好，却也没什么经验可以分享。如果说这是一种哲学，则正如亨利·戴维·梭罗所说，"只要你自信地追求自己的梦想，努力去过想象中的生活，就会在日常生活中取得意想不到的成功。"这是我的人生信条，字字在理。我的整个人生就是这样。

我实在太喜欢塔莎奶奶说的话，甚至屏住了呼吸。这种喜欢到几近窒息的感受并不常有。你知道我的心愿吧？我也想在临终时说出这番话：

"此生有点辛苦,却也是一段有趣而愉快的旅途。所以,我现在可以毫无遗憾地离去。我在人世间给您添了不少麻烦,另一个世界也请多多担待。"

感谢塔莎奶奶!她在佛蒙特州的深林中盖房子时,已经年逾五十。对我而言,这是一种多么大的安慰啊。原来我还有几年时间犹豫,思考是否要做出那个决定。

蔚宁,你有什么梦想呢?生活比想象中的漫长,艺术却很短暂。你有自己想象中的生活吗?进入众人渴望的大企业成为一个零件般的职员,就会生活安逸;考取了其他人梦寐以求的国家资格证,就能高枕无忧。我不希望你有这些少年老成的想法。倒不如直接做个家庭主妇,就算顾虑更多。塔莎奶奶如此说道:

家庭主妇并不无知。我喜欢洗衣服、熨衣服、做饭、洗碗等家务活。填写"职业"一栏时,我的回答永远是"家庭主妇"。一边搅拌果酱,一边阅读莎士比亚,家庭主妇是一个令人赞叹的职业,搞不懂为什么所有人都觉得遗憾。

如果没有最后一句话，或许我会对她说："奶奶，我的想法不同呢。"不过，因为最后这句话，我变得快乐。我突然想到了在战场上也怀揣莎士比亚和海明威著作的切·格瓦拉，以及郑守一先生的形象，这算什么事呢？

"妈妈，我很喜欢这种洗衣服、做饭、养孩子的生活。别担心，我会像你说的那样阅读莎士比亚。"如果你婚后这样对我说，其实我可能会略感失望。时代不同以往，现在不容我们选择了。不知道怎么回事，尽管国民收入增加了，国家地位也提升了，但是除非夫妻共同赚钱，否则连一套房子也供不起，这就是现实。所以，我希望你拥有自己的职业，就算这样做会很辛苦。我有一位朋友，曾经为了孩子辞职，后来重返职场。某天，她突然焦急地给我打来电话。

"枝泳，昨天和老公吵架，我的声音变了！简直难以相信，我变得理直气壮了！"

你还小，我却和你谈这些事情，请原谅我的残忍。但是，世界童话名著里也充满了各种残忍与罪恶。其实，这就是与我们的愿望背道而驰的现实。

是啊，我知道这是什么意思。在资本主义社会，金钱支配一切，赚钱至关重要。说得现实一点，很抱歉，从事那种快速变现的工作也很重要。我说这番话，并不是为了贬低那些无法以名利衡量其工作价值的杰出人士。我想说的不是他们，而是普通人。

不过，假如你依然固执己见，我想给你讲讲你的教母，同时也是我多年的好友阿奈丝阿姨的故事。你也知道，阿奈丝学习成绩很好。我没考上的研究生院，她却以非常优异的成绩被录取，还能流畅阅读外文原版书。然而，这位朋友有一个怪异的特点，那就是十分害怕陌生的地方。我和她如此亲密，却从来没有结伴旅行。二十多岁时，我们经常背起行囊，云游四海，阿奈丝却永远不参与，包括大学修学旅行与毕业旅行。为什么呢？因为恐惧。

甚至，她在新婚旅行时也不曾踏出酒店半步。所以，她居家做全职主妇时，我十分不满。既然如此，为什么考研究生，把我挤掉呢？

不过，阿奈丝至今仍是我最亲密的好友之一。最重要的原因便是，她一直坚持阅读。她自己买书，也去社区图书馆借阅。而且，她特别认真地做着家庭主妇。她有时还会打电话向我传授经验，告诉我哪里的鱼新鲜却有点贵，哪里可以买到物美价廉的新鲜有机蔬菜。当然了，我觉得到处逛市场太累，所以总是口头上敷衍着她，同时竭力忍住心里的想法：你能买点儿寄给我吗？阿奈丝几乎不用保姆，独自负责所有家务，而且认为那就是自己的职业。偶尔，我们会在朋友聚会时和她开玩笑："瞧，真正的家庭主妇来啦！"

如果你也天生不喜欢外出，喜欢省钱胜过赚钱，像阿奈丝那样生活也不错。不过，阿奈丝阿姨不仅读莎士比亚，还读陈重权、朴露子和张夏准，以及塔莎奶奶的著作。

和塔莎奶奶这样的人一起生活，嗯，其实会有点辛苦（似乎会听到很多唠叨，倒是很适合阿奈丝），做朋友应该不错。去她家里，帮她干点活，听点唠叨，免费饱餐一顿，赏赏花。塔莎奶奶真的会唠叨个没完没了吧。

有福气生为女人，为什么要打扮得像个男人呢？为什么要抛弃女性的最大魅力呢？比起穿着裤子、叼着烟卷四处晃悠，你可以得到更多。我喜欢男人。我认为男人是一种杰出的创造物。我真心地爱男人。但是,我不喜欢自己看起来像个男人。你知道"若隐若现的脚踝"这种说法吧?近来,女人们喜欢穿开裆连体内衣。腿形不好看的女人,可以用长裙遮挡自己的缺点。

"嗯,似乎都是一些老生常谈啊。"我可能会藏起夹着烟的手指,转身溜之大吉。然后,经过野花绽放的角落时,我可能会想起某段往事。三十岁那年,我依然冒冒失失像个假小子。当时,我穿着宽松的T恤衫,尽可能遮住并不算丰满的胸部,认为强悍的外表显得更酷,更像一个知识女性。一位前辈对我说:

"真正做女人的日子,以后并不会太多。好好享受你的女性美吧,直到这样的日子消耗殆尽。"

塔莎奶奶想说的或许就是这个意思,这也是我想对你说的话。蔚宁,那你先得努力赚钱……好吧,我不说了。少唠叨几句,谈点别的吧。

我暂停读书,出去摘了一些柠檬薄荷和鼠尾草。用手轻揉之后,放进珍藏在碗橱里的热水壶,倒上热水。放点糖浆、蜂蜜，或者闪亮的黄冰糖也不错。要不要穿一条脚踝若隐若现的半身裙呢？天哪，原来我们都没有裙子。所以，我想在黄昏时分和你一起喝茶。人生很短暂，如果我出去游泳，必然错过日落。今天，游泳必须为喝茶让路。

泡一壶浓茶，愿你今天也过得愉快！

每天迈出的脚步,就是真正的人生

蔚宁，你每天早晨都会发牢骚，"今天真想休息一天"。如果在你的胸口放一个听诊器，你的内心或许会说："今天真想休息一天。如果可以，明天也休息。如果没人说我，后天也休息。如果有钱，只要不被批评，我想休息一辈子……"

手里拿起的这本《穿越我心中的戈壁滩》（*Gobi*），把我从形式化与官僚化的繁忙日常生活拉到了只有沙尘、风暴和干燥岩石的戈壁滩。你曾说想去一趟沙漠，可我有点害怕，想都不敢想。不过，我喜欢的隐修者们常去沙漠修道。结束朝圣之路，他们会在附近住一晚。到了晚上，走出帐篷，站在贫瘠的天地之间，仰望星空，通常会大哭一场。听说这种经历之后，我也萌生了一定要去沙漠周边看看的念头。据说不论男女老少，不论老师还是学生，任何人站在简单而伟大的大自然面前，都会大哭一场。我大致可以理解这种心情。与此同时，我仿佛已经到了那里，噘着嘴快要哭出来了。有人也许会说，寻求真正的内心宁静，就算不去沙漠，也可以在完美的孤独中审视自我。不过，我就是想去沙漠。好在有你们，我不去沙漠也觉得很幸运。等一下，这算幸运吗？好吧，或许是的。

莱因霍尔德·梅斯纳尔（Reinhold Messner）曾是登上喜马拉雅四座八千米级高峰的第一人，还有过极地探险经历，做了五年欧洲议会议员。（根据申京淑短篇小说《风琴的位置》的描述，他登顶经验丰富，每天登山之前却会一边打包行李一边哭泣。为什么哭呢？因为登山很可怕。）某天，他突然决定去沙漠。而且，不是撒哈拉沙漠，而是戈壁滩。直到全书结束，他也没有解释为什么会选择这次穿越。在我看来，可能他自己也始终没搞明白为什么要去那里。

我可以安心享受生活。不过，我想学习如何老去，如何生活。我想远离并审视自己的生活。我不想停留在自己内心的沙漠中心，而是迈向闪光的绿洲。

五十多天的生命冒险，这种动机未免太过粗浅了吧？不过，以下动机如何呢？

对我而言，最重要的并不是沙漠。我没有绝对的理由一定要穿越沙漠。站在沙漠前，我也不知所措。我的心情十分复杂，面对即将开始的旅途，疑虑而不安。我认为，最重要的是人对自然的提问，以及对自我的思考。无论何时，以自己的方式踏上旅途至关重要。我想用自己的脚走路，这是我上路的前提条件。

他的动机在此更进一步。

我必须摆脱各种义务。必须按时出勤、随时保持联系、准备回答提问，我必须远离这种生活。在沙漠里，我们的存在只显得多余罢了。没人找我、需要我或者看着我，也没有可以看到自己的镜子。在这样的空间里，就算失去自我，也没有什么遗憾。

或许，正是这段话送他踏上旅途，也让我拿起了这本书，奔波了一整年，年末才开始气喘吁吁。这反而成为我承认自己的无能与渺小的契机。当我十分明确什么做得到、什么做不到，当我领悟到有些事情喜欢却做不到，当我碍于情面难以拒绝，吞吞吐吐，最终为自己和他人带来麻烦与伤痛，我也想去那个地方。

莱因霍尔德·梅斯纳尔的弟弟曾在登山途中遇难，幸存者的伤痛伴随着他。他当时已经非常有名，所以遭到了世人的谴责。独自生还，成为他一辈子难以摆脱的"污名"。我突然不理解。在这个世界上，会有人看着弟弟死去，独自生还吗？只要能做到，谁都会努力救弟弟，一起回来吧？那些指责的声音，似乎在说"就算是死，也要死在一起"。或者说，难道那些人知道登山遇难时牺牲他人、独自生还的方法？总之，这个丑闻始终伴随着他。我想到了人的残忍，以及在车祸中失去双腿的某个人对我说过的话。他说，人们的视线让他觉得自己很不幸，甚至感到羞耻，这才是最大的悲伤。

接连几周，我都将在岩石沙漠中度过。没有餐馆、火车站，也没有公交车站，方圆两千公里以内，只有空荡荡的沙漠……而且，一切只是重复，日复一日。早晨起床，出发，起床，出发，以大脑空白的无意识状态进入沙漠。就连停留在野营地，也是同样的反复。

炎热与严寒是最基本的，口干舌燥比枪支更加可怕，而且神经紧张。

放眼望去，沙漠景观始终如一，像我的呼吸那般单调至极。这里太寂静了，每次停下来喝水或者聆听，都会被这种声音吓到。沙漠的寂静与辽阔，似乎抹杀了所有的时间。我听到沙砾滑落的声音。

某个寒冷的凌晨，我站在乡下的庭院。当时，冰冷的绀青色夜空真的像凡·高的画作那般，璀璨的繁星发出淡黄明亮的光芒，照射着无人的山谷。你知道我当时在想什么吗？"繁星如此宁静，简直难以置信。"耳边只有自己呼出水汽的声音。声音也是天空与大地的众多差别之一吗？为什么天空万物没有声音？地上的我们却如此喧嚣。

莱因霍尔德到达了戈壁滩的尽头。

我坚定地向着尽头走下去。必须到达目的地，在戈壁滩收获的这个宿命论般的新认知推动着我。我无法摆脱，也不想摆脱这个宿命论。至少，我不会放弃。

穿越沙漠无法一气呵成。想要穿越沙漠，需要迈出数百万次脚步。一步一步，脚步成为路途与经验的组成部分。所有的探险，每次都会成为真正的生活。我成功穿越了戈壁滩。不过，我并未因此而变得更加明智，也没有筋疲力尽。我只是更加苍老了。我自己也觉得如此。

我想着沙漠，想着无法穿越沙漠的自己，然后想到了你们。这时，我仿佛听到了都市的某个角落里传来沙砾滑落的声音。他踏上征途，他取得了成功，他说穿越戈壁滩的自己只是看起来更加苍老罢了，所有事情的原因彼此统一。因为他在出发前，学会了必须按时出勤，随时保持联络，准备回答提问。他的脚步带他登上八千米高峰，穿越沙漠。你说想休学去旅行时，我阻止了你，也是这个原因。如果莱因霍尔德·梅斯纳尔在年轻的时候就已经想走就走，他的文字、苦难，也就不会与我们有任何关系了。固守原地与四处游荡，这两种生活的根源相同，那就是恐惧和不负责任。

我依然害怕沙漠，却经历了和他一样的困难，仿佛触摸到了他的泪水与汗水。

女儿，你要记住，为了自由奔向呼唤你的任何地方，你必须出勤、回答，必须以更多的日子做铺垫。每天迈出的脚步，就是真正的人生。

因此，尽管天气有点冷，我依然决定明天去游泳馆。我也要出勤。

好了，愿你今天也过得愉快！

每片草叶上都有天使在低语

>>>

蔚宁，你以后会如何回顾这段时间呢？你考虑过这个问题吗？我偶尔会想，很久很久之后，现在相信、感觉的东西变得不再重要时，我会如何回忆现在呢？不是"受苦了""做得好"等，而是我如何面对自己的生活。

我记得第一次给你讲"守护天使"的时候，你的眼睛闪闪发亮。此后的几个月，你一直在谈论天使。我们的天使有没有翅膀？你是黑头发，那么你的天使是什么发色呢？是男还是女？是卷发吗？

我没有见过天使，所以无法做出解答。不幸的是，据说，天使都没有翅膀，和人长得差不多。我在梦里见过几次天使，他们穿着工作服。很抱歉，天使们都在工作。在我的梦境中，天使们在这个世界的荒凉空间里种花。

你失望了吗？其实，我在梦醒之后也有点失望。天使们应该穿着耀眼的白色长袍，衣角一直垂到脚踝，而且长着一双比天鹅羽毛还要柔软的翅膀。梦中的天使没有优雅地起飞，而是在地上劳动，双手沾满泥土。现在想来，假如天使穿着雪纺蕾丝礼服，长着一双比自己的身体还大的翅膀，如何在我们陷入危难或者需要帮助时伸出援手呢？当我们感到悲伤，他们也无法为我们擦泪。如果天使不了解劳作的辛苦，没有像我们这样哭过，守护我们又有什么意义呢？

那是哪一年呢？可能是2001年吧，赶上了非常严重的春旱。农田干涸，全国各地的稻秧即将枯死。抽水机脱销，农民们拼命地给农田浇水。那真是一场大旱啊。转眼到了秋天。每年初秋都会光临的台风席卷了朝鲜半岛，而且是最猛烈的那种，好不容易战胜了干旱，平原却又遭遇了强风，所有人都以为这一年的收成彻底无望了。然而，结果完全出人意料。强风过后，稻穗居然几乎没有掉落。那年秋天，我们甚至迎来了史无前例的丰年。专家们冷漠地解析说，在猛烈的台风中几乎没有什么损失，是因为那场春旱。也就是说，春季稻秧扎根时，水分不足，必须把根扎得更深一些，所以没有被强风吹倒。

我在德国生活的时候，那里没有台风，却经常刮飓风，把路边的绿化树连根拔起。德国以树木闻名。在我们国家，只有相当猛烈的台风才会把那种大树连根拔起。可是在德国，只要彻夜刮起吹响窗户的风，就会看到树木倒地。我向别人请教，发现其中缘由居然一样。即，德国气候阴沉多雨，树木没有必要扎根太深。

我现在才明白，年轻时的痛苦多么宝贵无价。真心希望这不是我在为自己辩解。"年轻就要自讨苦吃"，我总算领会了其中深意。这句话绝对不是安慰彷徨不定的年轻人的客套话。青春时期要为人生扎根。如果一直过得安逸舒适，等到硕果累累的秋天，很难抵挡台风来袭。你也许会说，只要不刮台风，不就没事了吗？是的，那就没事了。然而，在这个地球上恐怕很少有人永远一帆风顺。我想说"几乎没有"，却也没有调查过，为了严谨一点，只能这样表达。

勇于面对、不逃避、认可困难并充分承受相应的痛苦，这些都是必备条件（说得这么形而上学，很抱歉）。是的，只有充分承受相应的痛苦，青春时期的困难才能具备真正的价值。

蔚宁，谈点别的吧。当时，我在《塔木德》中读到了下面这句话：

"每片草叶上都有天使在低语：成长吧，成长吧。"

每个人都有自己的守护天使，已经足够让我感到惊讶。每片草叶上都有天使，每天低声细语？那一刻，我抬起头，看到了路边的绿化树与树叶。怎么说呢？我突然感觉世界变得不一样了。同样的绿色，似乎并不相同，随风摇曳的姿态也不仅仅只是在摇曳了。我对事物的意义有了不同的理解，仿佛看到整个世界充满了神秘的生命。

那些天使可能会对每一批草叶、树叶说，现在摇曳你的风、打湿你的雨水、让你感到口渴的火辣阳光，都是助你成长的宇宙神秘计划之一。不要害怕，加油！我们为你鼓劲！

偶尔有人问我，你为什么读书？我思考了很久，简单地回答道：

"我想成长。"

是的,我依然渴望成长。我想去往一个更加高远、更加深刻、更加温暖、更加透明的单纯世界。当然了,这样的国家并不存于地球,而是在我的心里。我为什么如此艰苦努力地奔向更加深刻、更加广阔、更加高远的天地呢?这是因为我想守护自己不被人生的台风吹倒,就像经历了春旱的稻秧在台风中守护自我那般。你看看窗外的樱花树上的花瓣,它们的凋零绝对不是因为有风吹来。

蔚宁,此时此刻,你是否感到无聊而痛苦呢?你可以把这一切当作天使叮嘱你把稚嫩的根扎向大地深处的细语吗?你讨厌某个朋友吗?也许他就是变身(不,天使没有翅膀,无须变身)下凡的天使呢?就算你不相信天使,也可以想象一下,妈妈无形的目光正在注视着你。我在注视着你的头发、你的四肢、你的每一根手指、你心里的每一个角落,对你说着:成长吧,成长吧。

如此想来,今天是不是变得更有趣了呢?我已经好几天没喝酒了,整个人无精打采的,明天再去游泳吧……

今天,你也一定要过得愉快!

尾声

>>>

我很幸运，真的很幸运

窗外笼罩着黑蒙蒙的雾气。这个冬天令人厌烦。以前从未感觉冬天如此漫长。我格外喜欢冬天，却也感觉这个冬天持续了太久，开始期待春天的到来。

您刚完成这本书稿时，我们一起挑选葡萄酒，举杯对饮。当时也和您说过，我最近完全沉浸在某种思绪之中。读着您的原稿，这种想法越发强烈。就像努力入睡的某个夜晚突然起床写在日记里的那句话一样：我很幸运。真的，做您的女儿，我很幸运。

枯燥乏味的高三时期，您每周二给我写信，我现在以此为基础写这篇文章。才过了不到两年的时间，读着这些文字，觉得既好笑又恍惚。文中登场的蔚宁很不懂事，甚至让我觉得"这不是我"。然而,那段时间实在是漫长而孤单,所以我不想说"收到这些信的时候真的很不懂事"。

我现在才终于说出口:做您的女儿,真的很孤独。我放学回家,顾不得放下书包,最先走进您的房间。我看着空荡荡的房间,那一刻所感受到的凄凉与悲伤,谁能将那份孤独完全表达出来呢?儿时的记忆如潮水般涌来,我的内心非常痛苦。

至今也不过区区几年,我却在半夜突然起床,在日记里写下了这句话:"我很幸运,真的很幸运。"

您偶尔会独自喝着烧酒,和我说对不起,请求我原谅您没有时间完全专注于我。这样的夜晚,我们紧挨着彼此坐在沙发上畅饮,您端着烧酒杯,我握着啤酒罐(我们以减肥的名义吃着烤紫菜,牙齿都黑了),一起聊了很多话题。那时您像是在补偿没能陪在我身边的时间,告诉了我关于您的一切。是否正是当时所说的话,这么多年以来改变了我呢?或许,那些话在此后一段时间里也会让我成长。您显然给了我孤单,却也给了我孤单所无可比拟的真正的、成长的自由。

当朋友们向往稳定的职业、稳定的工作岗位、稳定的家庭与没有失败的人生，我不禁担心自己是不是基因突变的异类时，回家看到您半夜喝着烧酒，除了内心，一切都不稳定。那时的我很自由，您的人生看起来痛苦而艰难，却也很幸福。我心想，我要像您一样生活。

当我收到这些信时，你好像要成佛似的，几乎没有向我提过任何要求（当然了，这是现在的想法，那时候确实觉得您总是唠叨个不停）。但是，只有一件事，您对我要求十分苛刻。

您像口头禅似的对我说："活在当下，时刻保持清醒。"您并没有对我说要考上好大学，而是告诉我拼尽全力、真心过好每一天。这句话刻在我心里，这是任何一所好大学都难以企及的独特自由。

某一天，我似乎突然领悟了这一切。稳定点儿，老老实实地待在原地，顺坦点儿……我感觉自己突然脱离了不断向我发号施令的世界。我拽住了与您一起寻求、渴望的自由的一角，现在不打算放手了。就像您对我说的那样，我会允许爱伤害我，像被独自遗弃在广袤沙漠里那般彷徨，哪怕是青春洋溢和自由的投资最终走向了失败。

我知道就算我无数次受伤、彷徨、失败，您也会永远支持我，所以我不怎么害怕。

今天，我第一次想和您结伴去游泳。

好了，愿您今天也过得愉快！

妈妈的女儿　蔚宁

后记

>>>

就算你看不到，我也在为你加油

突然间，我想起一段往事。很久很久以前的某个秋天，你第一次参加幼儿园运动会。那时我没有和你住在一起，所以去了你生活的城市观看你的运动会。早上堵车很严重，所以我迟到了。你像小鸡一样叽叽喳喳的在孩子们中间做着赛跑准备。我找到你的时候，你刚好站在起跑线上。虽然距离很远，但是我们认出了彼此，我用眼神为迟到道歉，并且用力挥手，希望你可以英姿飒爽地奔跑。你可能担心妈妈不会来了，看到妈妈之后终于眉头舒展，接着以害羞的微笑回答了妈妈的鼓励。我夹在家长中间看着你。我的女儿又高又美，我非常自豪，拿出相机等你起跑。

发令枪一响，你们班的孩子们全部大喊着冲向终点线。我站在其他妈妈中间呼唤着:"蔚宁,蔚宁,真棒,真棒!"突然,你停在原地,用双手捂住脸,哭了起来。不会吧?幼儿园一百多个孩子当中,只有一个孩子停下来哭了,那就是妈妈的女儿,你。

那一瞬间非常短暂,但是我明白了你停下来哭鼻子的原因。老师们全部跑向了你。我想推开家长们,跑向操场,却又过不去,于是对你大喊:

"蔚宁,妈妈在这里,在这里!你哭什么哭!别哭!你这傻孩子!"

我们现在也会偶尔提起那件事,我每次都会哭,你则感到难为情。正如我推测的那样,你在那一刻怀疑远处的妈妈可能只是幻影。即使不是幻影,经常不在身边的妈妈还是会丢下你,再次离去。你害怕了。妈妈大声地支持你,妈妈的声音却无法传达给你。

或许,正是这些记忆碎片让我写下了那些信。

说实话,现在的你显然不是我在少女时代梦想的那种女儿。妈妈梦想中的女儿,永远都是全校第一,让老师们称赞不已;高挑貌美(和爸爸妈妈遗传给你的基因毫无关系),

身材足以参加选美比赛却对此毫无兴趣，反而热衷阅读世界名著；英语是最基本的，还会一点法语和日语（汉语也可以）；在家里是照顾弟弟们的好姐姐，是妈妈的骄傲，爸爸的"小情人"……（说实话，我有点喘不过气了）。我曾经认为，你必须是一个这样的女儿。不要笑，因为我产生这种想法时比你还不懂事。在这些我如此上气不接下气地罗列的所有条件中，说实话，你几乎一个也未能达到（抱歉，有那么一两个差不多达到了，只要你再努力一点儿），但我知道你就是我梦想的那个女儿。

我像你这么大的时候，妈妈们没怎么被爱过，很多女人也没有过工作经历。因此，我们这代人只能自学所有事情。我从来没有学过如何好聚好散，以及成就自己的事业，只能每天试错。

不过，我从自己的妈妈那里得出了一个结论：不管我做什么，妈妈都会相信我、支持我，为我加油。或许正是因为有了这种信任、支持与鼓舞，我摔倒过无数次，依然重新站了起来，甚至还能笑出来。

蔚宁，当你绕过黑暗的角落，感到前途一片漆黑的时候；当你觉得世上所有的门都只在你面前封锁的时候；当所有人都拿着指定座位的入场券，似乎只有你一个人站在临时等候队伍里的时候；当你突然怀疑自己所看到的一切希望和信任其实都是幻影的时候，想想你童年运动会的那天，想想我当时大声呼唤着你的声音。你的耳朵里听不到，你的眼睛里看不到，并不意味着那不存在。

蔚宁，你还年轻，未来的人生还很长。相信我。永远不要忘记天使们的低语，世上所有爸爸妈妈的加油呐喊声，以及上帝的温暖视线。不论你在奔跑，还是停下来哭泣，我都会为你加油。

我今天真的去游泳了，可那个游泳场已经改造成了大型超市。时间真快啊……嗯，所以妈妈说什么来着？今天要做的事情不要推迟到明天嘛。唉，没关系，这就是人生。我们还有今天，也还有其他的游泳场。

嗯，愿你今天也过得愉快！

在喧嚣的世界里，
坚持以匠人心态认认真真打磨每一本书，
坚持为读者提供
有用、有趣、有品味、有价值的阅读。
愿我们在阅读中相知相遇，在阅读中成长蜕变！

好读，只为优质阅读。

致女儿书

策划出品：好读文化	监　　制：姚常伟
责任编辑：王梓画	产品经理：姜晴川
特约编辑：多珮瑶	营销编辑：陈可心
装帧设计：左左工作室	内文制作：鸣阅空间

图书在版编目（CIP）数据

致女儿书 /（韩）孔枝泳著；春喜译 . —成都：四川文艺出版社，2024.1
ISBN 978-7-5411-6749-2

Ⅰ . ①致… Ⅱ . ①孔… ②春… Ⅲ . ①书信集—韩国—现代 Ⅳ . ① I312.665

中国国家版本馆 CIP 数据核字（2023）第 177685 号

Copyright 2008, 2016 by JI-YOUNG GONG
All rights reserved.
The Korean edition was originally published by Hainaim Publishing Co., Ltd.
This edition is published by arrangement Barbara J Zitwer Agency and KL Management through Andrew Nurnberg Associates International Limited

著作权合同登记号：图进字 21-23-171 号

ZHI NVER SHU
致女儿书
［韩］孔枝泳　著　春喜　译

出 品 人	谭清洁
策划出品	好读文化
责任编辑	王梓画
产品经理	姜晴川
特约编辑	多珮瑶
责任校对	段　敏

出版发行	四川文艺出版社（成都市锦江区三色路 238 号）
网　　址	www.scwys.com
电　　话	010-82068999（市场部）028-86361781（编辑部）

印　　刷	三河市中晟雅豪印务有限公司
成品尺寸	880mm×1230mm	开　本	32 开
印　　张	8	字　数	120 千
版　　次	2024 年 1 月第一版	印　次	2024 年 1 月第一次印刷
书　　号	ISBN 978-7-5411-6749-2		
定　　价	52.00 元		

版权所有・侵权必究。如有质量问题，请与本公司图书销售中心联系调换。电话：010-82069336